静かの海

その切ない恋心を、月だけが見ていた

上

筏田かつら

宝島社文庫

宝島社

目次

その人を初めて見たとき
泣いているように見えたんだ——

プロローグ

（……もう、二度とここには来られないのかな）

ガランとした部屋の中、寂しさとも悔しさともつかない気持ちを抱えながら、手のひらの多孔質《たこうしつ》の石を固く握りしめる。

父親が愛し、自分が生まれ育ったこの家。けれども家主を失ったことで、自分たち家族はここを離れ出て行くことになった。

「マサキ、そろそろおじさんが迎えにくるから、家の外で待ってなさい」

そう急《せ》かされ、顔を上げて母親の方を振り向き立ち上がる。

玄関を出て白いアーチ型の門の前で佇《たたず》んでいると、ブレーキの音と共に海外製の緑のワゴン車が滑り込んできた。

重いドアを開いて後部座席に乗り込む。キャンキャンと吠える犬が膝に絡《から》みついてきたのでなんとかあやしつけている間に、少し遅れて母親も助手席に座った。

車がゆっくりと加速していく。行き先は、都心に近い住宅街だ。母親の実家のある街であり、ここよりもずっと人が多くて賑《にぎ》やかだと聞いている。

母親は地元に戻れることを喜んでいたが、自分にとってはどんな生活が待っているか、ほとんど想像もできない未知の場所だ。

　窓の外に視線を投げかける。見慣れた風景が右から左へと次々に流れ去り、その上には雲一つない青空が広がるばかりだった。

「高速、混んでるかしら」

「五《ご》・十日《とおび》だからちょっと渋滞してたよ。でも、まだ早いからそんなんでもないんじゃない」

　前に座る大人ふたりの会話をぼんやりと聞きながら、遠く晴れた青空に漠然《ばくぜん》とした不安を感じていた。

初めて会ったときから、他の子とは違う気がした。
他人とは思えなかったのは――

小学生

『――誠に勝手ですが、採用内定取り消しの件、事情ご理解の上お聞き入れ下さいますよう何卒《なにとぞ》よろしくお願いいいたします。

　まずはお詫びを申し上げます。

敬具』

そう締めくくられた白い紙をぐしゃりと握りつぶすと、彼は唇を噛んで河川敷《かせんじき》の斜面に身を倒した。

川から吹く風が生ぬるい。本格的に梅雨のシーズンを迎えるまであと少しだろうか。そんなまとわりつくような周りの空気も、背中から伝わる地面の湿り気も、すべて気分を一層逆撫でていった。一体自分が何をしたというのだ、と。

（何が『敬具』だ、ちくしょう――）

デフレ、サブプライム問題、リーマンショック……平成も二十年を過ぎ一向に景気が回復しない中、近年立て続けに海外で起こった金融危機の余波もあり、学生たちの就職活動は「氷河期」と呼ばれるほど過酷を極めている。

そんな中、彼は週末という週末をほぼ会社説明会に充《あ》て、脚を棒にして何十社と訪問し、ようやく希望としていた業種の一社に採用された。ストレスから体重を二割近く落としたりもした。通知が来た日は嬉しくて、何ヶ月も連絡をしていなかった実家にまで電話をかけてしまった。

『アンタ、入ったからにはちゃんと勤めなさいよ』

母は喜びながらそう口にした。もちろん、母親に言われなくても、せっかく採ってもらった会社だ。ちょっとやそっとのことで辞めるつもりはない。今まで迷惑をかけてきた分、いくらか貯金ができたら両親に贈り物でもしよう。旅行につれていくのもいいかもしれない。そんなことすら思い描いていた。

それなのに、なんで――

こんな紙切れ一枚で、その覚悟も計画もすべて消えてしまった。ここ数ヶ月の努力だけでなく、今までの人生すべてが否定された気分になる。

悔しい――けれど、涙の一つも出てこない。

同じような思いをしている学生もどこかにいるかもしれない。そういった者と傷をなめ合うことができたら、この気持ちも少しは楽になっただろう。けれども、四年進級時に留年をしてしまい、友達の多くがすでに卒業していった彼にはその痛みを分け合う仲間すらいない。行き場のない鬱屈した思いをぶつけるように、生い茂る雑草を革靴の底で踏みつけた。

沈みかけの夕陽が周囲を赤く染める。眩《くら》みそうになった視界を腕で隠していると、ふと重たく陰鬱《いんうつ》な風が遮《さえぎ》られた。人の気配がする。

「ねぇ」

近くで高い声がした。このまま無視しようとしたが、その声の主はもう一度「ねぇ」と言った。

しぶしぶと腕を外して目を開ける。逆光で最初はよく見えなかったが、シルエットから判断して、どうやら話しかけてきたのは男の子のようだ。

目が徐々に慣れてくる。男の子は見た感じ小学校高学年か。さらさらの髪の毛に中性的な顔立ちが特徴的で、これであと二年もしたらアイドル系だと女の子に人気が出そうなタイプだ。それが、迷彩柄のTシャツに半ズボン、黒の運動靴という幼さのまだたっぷり残った格好をしており、半ズボンから伸びる脚は細く枝のように華奢《きゃしゃ》だった。

「なんだよ」

胡乱《うろん》な彼の反応に男の子は少し怯《ひる》んだ表情を見せたが、すぐに真っ直ぐな視線で彼の目を見返した。

「お兄さん。うちの犬見なかった?」

「犬？　どんなの？」

「耳が三角でさきっぽが折れ曲がってて、茶色と黒の間みたいな色しててこれくらいの……」

男の子が手振りつきで一生懸命説明する。が、生憎《あいにく》そのような犬はここに来る前も途中も見かけなかった。彼は上半身を起き上がらせながら答えた。

「いや、見てないけど。逃げたの？」

「うん。さっきまで一緒に散歩してたんだけど、信号待ちしてる間にいなくなっちゃって。あいつすごい足速いから……」

そう言って長い睫《まつげ》毛を伏せた。可哀想《かわいそう》だと思ったが自分にはどうすることもできない。一緒に探してやるほど自分もお人好《ひとよ》しではない。

「悪いけど他あたって」と言おうとしたとき、男の子の肩越しに河川敷を下へ横切る茶色い影が見えた。

「あ、あれじゃね？」

男の子が振り向く。「あっ！」と声を上げると同時に、見つかったことに気づいた犬が突然走るスピードを上げた。

犬は男の子の言うとおり、とても逃げ足が速い。男の子が追いかけるが、子供の脚ではとても追いつきそうにない。

一生懸命走る男の子の姿を見て、くすぶっていたプライドに突然火がついた。

「元野球部なめんなよ！」

彼は急に立ち上がってそう宣言すると、犬の方に向かって駆け出した。スーツの下に革靴なので多少動きづらいが、それでも持てる限りの力を出す。

犬が石段の前で急に進路を変える。それを見越して彼はショートカットして犬に飛びつく。リードが手に触れる。あともう少し。

「よっしゃ‼」

地面に勢い良く転がりながら、間一髪《かんいっぱつ》でリードを捕まえた。首輪を引っ張られた犬が情けない鳴き声を出した。

犬がワンワンと吠えながら今度は彼にじゃれついてきた。まったく、変わり身の早い犬だ。

「すみません、大丈夫ですか⁉」

追いついた男の子が青い顔をして慌てて彼に尋《たず》ねた。服は汚れてしまったが払えばなんともないし、こんな子供に心配してもらうのも決まりが悪い。

「いや、大丈夫大丈夫」

そう言ってリードを男の子に渡した。久々の全力疾走は、疲れたがなんとも気持ち良かった。少し、気分も軽くなった気がする。

「今度は、離さないようにしなきゃダメだぞ」

立ち上がって男の子の頭を軽く撫《な》でた。夕方六時のチャイムが遠くに聞こえる。

さて、自分もそろそろ帰るか、と伸びをしたとき、男の子が不安げに口を開いた。

「お兄さん、大井戸町《おおいどちょう》ってどっち？」

「大井戸？　ここから結構あるぞ」

聞いてぎょっとした。今いる場所からだと、大人の自分でも歩いてたっぷり三十分近くはかかるだろう。

男の子はバツが悪そうに呟《つぶや》いた。

「散歩させてたら、迷っちゃって」

……土地勘のない子なのだろうか。

言葉で説明しても伝わりにくいだろうし、自分は乗り換えの都合でたまたまここにいたのだが、ちょうど自分の家も同じ方面だ。それに、日も暮れかかっているのに小さな子をひとりで歩かせるのは危険かもしれない。

「しょうがねーなー。……近くまで、送ってやるよ」
二、三回首を回してからそう言うと、男の子の肩を押して歩き始めた。
地面には小さな影と大きな影、それに挟まれた犬の影が長く延びていた。

大井戸町まで帰る途中で、犬が道にしゃがんだまま急に一歩も動かなくなってしまった。

口笛を吹いても置いてけぼりにするそぶりを見せても一向に動かない。男の子は「またか」とため息をついた。

「どうしたんだ?」

「こいつ、いっつもこうなんだ」

そう言って男の子は細い腕で犬を持ち上げた。小型犬ぐらいのサイズだったが、子供の体力では抱えたまま歩き続けるのはいかにも大変そうだ。しかも、まだ道のりは半分ぐらいまでしか来ていない。

「貸して」と言って犬を男の子から奪った。柴犬とビーグルの雑種だというそれは、近くで見ると愛嬌《あいきょう》の良さと凛々《りり》しさが絶妙なバランスだった。

犬を抱っこしながらニヤニヤとしていると、男の子が不思議そうに訊《き》いてきた。

「お兄さん、犬好きなの?」

「ああ。実家にはもう年寄りの犬が二匹いてさ、どっちも雑種でブサイクなんだけどそれがもうすげーかわいいのよ。そんで、小さい頃は獣医になりたかったな」

実家の犬が吐血して倒れたとき、あまりにも心配で「大きくなったら絶対に自分が治す」と心に誓った。そしてしばらくは本気でそっちの方に進路を決めようとしていたのだが。

男の子がすぐに疑問をぶつけてきた。

「なんでなんなかったの？」

「俺、猫アレルギーなんだ」

近所の猫が家に入ってきたとき、目は涙で一杯になるわ、体中は痒《かゆ》くなるわで大変な思いをした。それ以来、猫は天敵である。

「そっか。獣医さんとこには猫もいっぱい来るもんね」

「だろ。だから俺は諦《あきら》めた」

そうでなくても獣医になるのは非常に狭き門をくぐらなくてはならないと後々知るのだが……。その辺は小さい子に説明しても理解できないだろうと思い、割愛《かつあい》した。

今度はこちらから男の子に質問する。

「名前なんていうんだ？」

「名前？　ガリレオだよ」

「犬じゃなくて、お前だよ」

「あー……、え、と」

男の子は一瞬口ごもってから、小さな声で呟いた。

「まさき」

言うのをためらったからどんな変な名前なのかと思いきや、案外普通で拍子抜けした。

「マサキか。なかなか渋くていい名前だな」

最近は子供に奇抜な名前を付ける親も多いと聞くが変に凝《こ》っていない方が覚えやすい。そういえば、自分に敬語は使わないものの、しゃべり方もこれぐらいの歳の子にしては落ち着いている。

「お兄さんは？」

「俺？　俺はユキナリ。行くに成るって書いて行成《ゆきなり》」

「何やってる人？」

「大学生だよ」

その言葉に、マサキはびっくりしたように目を見開いて、そのあとくすくすと笑った。

「へー、そうなんだ。ネクタイしめてるから働いてる人かと思ってた」

そう言われ、自分がスーツを着ている理由を不意に思い出した。

今日は以前お世話になった講師の学会発表があったのだ。出掛けにポストを覗いたら内定先からの手紙が入っていたので鞄に放り込み、帰りに内容を読んでみたらあのザマだ。

就職が決まったことを恩師に伝えると、それはもう喜んでくれた。あの笑顔も自分は裏切ることになってしまった。しかも、学会では昔付き合っていた女が他の男と仲良くやっている様まで見てしまった。

今日は人生最悪の日だ——、そう思っていた。

けれど今は、何故か心がそんなに重くない。

(やっぱ子供と動物の癒しパワーってすげぇな)

あどけないマサキの横顔を窺《うかが》いながら、彼はそうしみじみと感じ入った。


それから並んで歩き続け、早々にシャッターを下ろしてしまった郵便局の前でマサキは立ち止まった。

「もうすぐそこだから、ここまででいいよ」

ふと見ると、電柱の住所表示にも『大井戸町』と書いてある。やっと近くまで来たようだ。

「そっか。今日は大変だったな」

犬をマサキに受け渡す。「おっと」と言いながら抱え直すと、マサキは勢い良くこちらに向かって頭を下げた。

「あ、あの、ありがとうございました」

さっきまで友達口調だったのに、急に礼儀正しくなる。そんな変化がおかしくて行成はちょっと笑ってしまった。

「じゃ、またいつかどっかで会おうな」

「うん、またね。本当にありがとう！」

お互いに手を振りながら、ふたりは別の道を歩き出した。

二つめの角を曲がると、すぐに自宅の外灯が目に入った。

犬のリードを玄関の支柱に繋《つな》ぎ、特にチャイムを押すこともなくドアを開ける。

「ただいま」と呼びかけると、台所から母親が顔だけ出して言った。

「遅かったじゃない。おじさんもう来てるわよ」

それは玄関に男物の靴があるから知っている。リビングへ向かうと、叔父がソファにもたれかかりながら、ワイシャツを着たままビールを飲んでいた。

「おじさん、ガリレオ散歩させてきたよ」

「おー、すまんな。ありがとう」

ガリレオはもともと叔父の犬である。ここ一週間出張で家を空けていたので、叔父の姉である母親が預かっていた。

「ほら、お礼だ」と言って叔父が出張先の名産であるカスタードまんじゅうを渡してきた。椅子に座ってもぐもぐと食べている途中で、母親が追加のビールをもう一本持ってきた。

叔父はビールの栓を抜きながら言った。

「どうだ、マー坊、友達百人ぐらいできたか？　好きな子のひとりやふたりいるんだろう？」

唐突な質問に心臓が跳ねる。四月に新しい学校へ転入してきて二ヶ月経つけれど……、残念ながら叔父を喜ばせるような回答はできそうにない。

返事を詰まらせていると、会話を横で聞いていた母が突然割り込んできた。

「ちょっと、忠晴《ただはる》。マー坊ってやめてって言ってるでしょう」

「ああ、すまんすまん。つい、呼びやすくて」

「呼びやすいとか、そういう問題じゃないでしょう。変なことばっかりこの子に言わないで」

「別に、マー坊でもいいよ」

自分の呼び名で争われるのも居心地が悪くてたまらず口を挟むが、母親は苦い顔をして首を振った。

「あなたが良くても、やっぱりマー坊なんておかしいわ。あなたは……、真咲《まさき》はちゃんとした女の子なんだから」

途方に暮れたようなその響きに、真咲も叔父もそれ以上反論することはなかった。

口の中のカスタードまんじゅうの味が急に分からなくなった。

引きとめようとする叔父のことを「宿題やらなきゃ」と断って、真咲は二階にある自分の部屋に戻った。

窓を開けて空を見上げた。紫がかった東の方の空に、葉っぱのように細い月が引っかかっている。

ベッドサイドに置いた石を手のひらで包むと、心の中で月に向かって呼びかけた。

(お父さん、今日は聞こえる?)

去年、病気でその短い生涯に幕を下ろした父親。病室で父は死期が近いのを勘づいていたのか、末の娘である真咲に向かってこんなことを言った。

『真咲、もしお父さんがいなくなっても、お父さんはずっと真咲のことを遠くから見てるからね』

『遠くってどこ？』と尋ねると、『そうだね、お月様ぐらいかな』とはにかんで笑った。

『月に行ったらもう会えないよ』

そうぐずる真咲に、父はこの石を手渡したのだ。

『何これ？』

『月の石だよ。お父さんはそれを取ってちゃんと帰ってきた』

しかもそれを持ってると月にいる人と会話ができるんだよ、と。

嘘みたいな話だ、と思った。それから幾ばくもしないうちに、父親は本当に天へと旅立ってしまった。

母親を心配させたくなくて、皆の前で涙を見せることはなかった。けれど、ひとりになるとあの優しい笑顔を見られないことが寂しくて、目が溶けるほど泣いた。

そんな中、父から貰った月の石のことを思い出した。魔法や奇跡を信じる歳でもなくなっていたが、万が一にも本当に父と会話ができるのならば試す価値はある気がした。

（お父さん）

呼びかけると、『何？』という返事が耳を掠《かす》めた。微《かす》かだが、確かに聞こえた。

（お父さん、本当にお父さんなんだね）

『ああ、真咲。君も元気そうで良かったよ』

月にいる父親も、こちらで生きていた頃と同じように忙しいのか、話しかけても応じてこない日もあった。今日は運良くすぐに応答があった。

（お父さん、今日、変な人に会ったよ）

真咲の予想どおり、すぐに『へぇ、どんな人？』と父が尋ねてきた。

（男の人のくせに色が白くて、目がへ音記号を横にしたみたいな形で左目の下の方に小さなほくろがあって、口が猫みたいに真ん中がとがってて……）

『ふんふん、そうなんだ』

（でもそのくせ猫がダメなんだって。それで、最初、川辺のところに寝っ転がって顔隠してたから、大人なのに泣いてるのかと思った）

『で、どうしたの？』

（気になって話しかけたら、ちょっと怒ってるみたいなしゃべり方だったからびっくりした。……けど、すごい親切だったよ）

『そうか。いい人だったんだね』

思い出すだけで心がむずむずする。ガリレオを転びながら捕まえたところも、「しょーがねーなぁ」と言いつつ肩に触れた手が優しかったことも、犬を抱っこしながら幸せそうに笑っていたことも……。大人の人があんなにたくさん表情を変えるのなんて、今まで全然知らなかったから、馴れないことに心臓はばくばくしっぱなしだったんだ。

またどこかで、と別れ際に言った。あのとき彼はどういうつもりで口にしたのかは知らないけれど、少なくとも自分の言葉は本心からのものだった。

（もう一回会えたらいいな）

そう願った真咲に、心の中の父は『それはお父さんに言われても分からないよ』と穏やかな声で笑った。

藍色

きっかけは、父方の祖父母がくれたランドセルだったと思う。

それまで真咲は、大人しくて目立たない普通の子供だった。年の離れた兄姉は十分物心ついた頃にできた小さな妹に対して関心が薄く、母親は手のかからない子なのを幸いに、真咲が就学する前から仕事に復帰していた。

「真咲、おじいちゃんおばあちゃんからプレゼントだよ」

小学校に上がる直前、彼女は自分宛に届いた包みを開けてびっくりした。そこには、青色とも黒ともつかない不思議な色合いのランドセルが入っていたからだ。

「きれいな色だね」

「ホントだ。お父さんも大好きな色だ」

父親はそう言って「これは藍色っていうんだよ」と真咲に教えた。あいいろ、あいいろ……。耳慣れない響きだったが口に出すと心地良く、また難しい言葉を知ったことで少しだけ大人になった気がした。

今になって思うと、祖父母があのような色を選んでしまったのは、真咲の性別を一つ下の従兄弟と間違えていたのかもしれない。母親は「女の子なのにこんな色を使うのなんて可哀想」と送り返そうとしたが、父は本人が気に入っているのだから、とそれに反対した。

結局真咲の「どうしてもこれがいい」という駄々により、母親が折れた形になり、入学式には喜び勇んでそのランドセルを背負い校門をくぐった。

幸い、入学した小学校には保育園からの見知った顔も多く、またおおらかな土地柄もあってか、真咲のことをランドセルの色でいじめるような者はひとりもいなかった。むしろ、「珍しいね」と言われて少し得意になったりもした。

それから真咲は髪を切った。小学校に入り行動範囲が広がると、もともと女の子同士がするようなお人形遊びが得意ではなく、野山をかけずり回る方が性《しょう》に合っていることに気づいたからだ。洗うのも乾かすのも、短い髪は楽だった。そして着る服も、より動きやすいもの、汚れが目立たないものを多く選ぶようになっていた。

そんな真咲の変化に母親はあまりいい顔をしなかったが、真咲は別に悪さをするでもなく学校内での態度は真面目で、近所の子を持つ親から「優秀でうらやましい」と褒《ほ》められる。自身も忙しくて構ってやれないことが多い手前、娘に強いことを言える立場になかったのだろう。

気がつくと真咲の外見は、同年代の男の子のそれとほとんど変わらなくなっていた。

そんなふうに、ちょっと風変わりながらのんびり育ってきた真咲が、小学五年生になったある日のことだった。

夕飯を食べ終えた真咲は、リビングのソファに座って、その年初めての茹《ゆ》でトウモロコシをデザート代わりにかじっていた。

最近元気がないように見える母親が、真咲の横に座った。神妙な顔をしていたので「どうしたの」と尋ねると、母親は膝に置いた手を震わせて言った。

「真咲、落ち着いて聞いてね。……お父さん、もう長くないらしいの」

一瞬「なんのことか」と耳を疑った。

呆然とする真咲に、母親は父が病魔に冒《おか》されていること、進行が早く気づいたときにはもう手遅れだったことを涙ながらに語った。

まさかそんな、と最初は信じられなかった。父は医師で、しかも専門は外科なのに。自分で自分の病気が分からないはずがない。

しかしその日以降、元々細かった父の体はますます痩せ細り、体調を崩しては入院し、そのまま何日も家に帰って来なくなることも増えてきた。

「がんばって、お父さん」

病床で骨と皮ばかりになってしまった父の手を握りしめ、何度となくそう励ました。

奇跡が起こりますように――しかし真咲の必死の祈りも空《むな》しく、新年の声を聞くことなく、父は天へと旅立った。

その後、忌中が終わるなり母は真咲を連れて実家へ帰ると言い出した。もともと都会育ちのお嬢さん気質だった母親は、以前より田舎の暮らしにどうしても馴染《なじ》むことができずにいたのだ。

上のふたりの子供は進学や就職ですでに家を出ている。それに、亡き夫にしても土地の人間というわけではなく、たまたま待遇の良い病院があったためそこに赴任《ふにん》してきたに過ぎない。

真咲が小学校の六年に上がるのを機に、母娘は街を離れた。

「せめてあと一年、みんなと一緒に卒業したい」――真咲の願いは聞き入られなかった。


真咲が新しく入ったのは、都内でも比較的古くからの住人が多い地域の公立小学校だった。周辺の学校に比べ荒れている者は少なかったが、その分どこか余所者《よそもの》を寄せつけない雰囲気ができあがっていた。

真咲は地方からやって来たにもかかわらず、素朴な雰囲気がなく、性格は理不尽を経験した故か、どこか冷めたものになってしまった。加えて服装はまるで男子のようで女子とはつるむ気配がない。

クラスのリーダー格の女子グループに「生意気」「変人」と目をつけられるのも時

間の問題だった。

他の児童たちにもそういった空気は瞬時に伝染する。担任の教師に「真咲ちゃんのことよろしく頼んだよ」と言われた学級委員の子とその友達のみ、教室移動や給食の際などに真咲に話しかけていたが、リーダー格の女子の顔色を窺《うかが》っているのか、明らかに腫《は》れ物を触るような扱いでしかなかった。


「真咲ちゃん、あたし、これからバトン部の練習だから」

帰りの会が終わると、学級委員の子が「だから、ごめんね」と首を傾《かし》げながら言った。だけどもうそんなの言われなくても分かってる。彼女はいつも部活や塾があって、一緒に帰ったことなどこれまで一度もない。もしかしたら断るための嘘なのかもしれないが、確かめようとも思えない。

(まぁ、仕方ないんだけどね……)

藍色のランドセルを背負うと、昇降口で運動靴に履き替え、鈍色《にびいろ》の空を見上げてため息をついた。彼女のせいではない。今さら服装の趣味を変えることもできず、愛想良く振る舞えない自分が悪いのだから。それに中学は母親の希望により私立の学校を受験して、そこに進学する予定だ。泣いても笑ってもあと数ヶ月。そう思えば我慢できる。

だけど、きゃあきゃあと楽しそうにじゃれ合いながら下校する児童の群れを見ていると、なんとなくやりきれなくなってくる。自分だって地元にいればあの中にいられたはずなのに。

（みんな、どうしてるかな……）

懐かしい友達との思い出を噛みしめながら歩いていたところで、鼻先にポツン、と冷たいものを感じた。

（——雨だ）

そう思ったが早いか、雨足は急激に強さを増してきた。やばい、と傘を持っていない真咲は、近くの屋根付きのバス停へと逃げ込んだ。

薄いプラスチックの屋根を激しい雨がドタドタと打ちつける。「そういえば朝、お母さんが傘持ってけって言ってたな」と思い出すがもう遅い。どうすることもできないまま、真咲はバス停に佇《たたず》んだ。

雨はいつ止《や》むとも知れない。遠くの空を睨《にら》むが雲の切れ目は全く見えない。途方に暮れていると、目の前に一台のバスがゆっくりと滑り込んできた。

ぎゅうぎゅう詰めの車内から、ひとり、ふたりと乗客が降りてくる。客はバスに乗ろうとしない真咲のことをすれ違い様に奇異な目で見ていったが、すぐに傘を開くと興味が失せたように歩き出した。

バスは乗る人もいないのになかなか発車しない。どうしたんだろう、と見ていると最後にひとりの客がやっと吐き出された。その客は長い手足をよろめかせて地面に降り立つと、バス停にいた真咲のことを見て「あっ！」と言った。

「お前、この前の……」

彼の方は名前が出てこないようだが、真咲はよく覚えている。泣きぼくろのある色白の顔。上背のある痩せた体。少し訛《なま》りのある掠《かす》れた声。

（ユキナリ、だ）

あまりの偶然に、真咲は一言も発することができなかった。

数日前、彼と郵便局の前で別れたあと、あのとき一緒に歩いたことを何度も何度も繰り返し思い出していた。そのたび「もう一度会えたらいいな」などとぼんやり願っていた。

だけど、名字も連絡先も分からない。「近くに住んでいる大学生」ならいくらでもいるだろう。隣家の住人の顔すら知らないこともあるこの時代だ。再び出会うことなど奇跡に等しい、そう思っていたが……。

（どうしよう、本当にまた会えた）

今日の行成はネクタイを締めていないせいか、以前会ったときよりもずっと若く見えた。もともと童顔っぽい顔立ちなので高校生と言っても通用しそうだ。

顔を上げたまま固まってしまった真咲に、行成は首を傾げながら尋ねた。

「お前、こんなとこでどうしたの？」

真咲は自分がボーッとなっていたことに気づき、慌てて答えた。

「あ、あの、急に雨降ってきたから、雨宿り」

「ああ。傘がないのね」

真咲の両手は空いていて、シャツは端々《はしばし》が濡れて変色している。そんな姿を見て、行成は納得したように頷《うなず》いた。

「俺んちすぐそこだから、傘もう一本持ってくるよ。貸してやっから」

後ろの方を指さした行成に、真咲はぶんぶんと首を振った。

「でも、今日カギも忘れちゃってて家に入れないんだ」

先ほどポケットの中に手を突っ込んだら、いつも持っているはずのカギが入っていなかった。晴れていれば庭にある脚立《きゃたつ》でも使って開いている二階の窓からでも侵入するところだが、この雨ではそうもいかないだろう。

「家族は？」

「いない。みんな出掛けてる」

母親は六時過ぎにならなければ帰ってこないし、本宅の祖父母も今日は町内会の旅行で出掛けてしまっている。どのみち、雨が止むまで待つしかないのだ。

するとと行成は、「ふーん」とあまりヒゲの生えてない顎《あご》を撫《な》でながら言った。

「そんじゃ、さ。ちょっとお前うち来る？」

「えっ」と真咲は目をまるくする。

思ってもいない申し出に頭が混乱し始める。よく知らない人に付いていってはいけないと言われているが、どこをどうとってもこの人が悪人だとは思えない。だけど、一応自分は女子だしもし万が一下心があったとしたら……などと考えがぐるぐる回る。どう答えていいか分からずしどろもどろになっていると、行成は「へっ」と少し情けなさそうに笑った。

「バイトでやってるテストの採点なんだけど、結構量あるから手伝ってほしいんだわ。もちろん、なんかお礼はするからさ」

そう頼まれて心がぐらりと動いた。この前助けてもらった借りがある手前、断ることはできない気がした。

……というのは建前で、本当はこのお兄さんがどんな生活をしてるのか、知りたいという好奇心に負けてしまった。

真咲が「うん」と頷くと、行成は「おう、じゃすぐ取ってくるな」と言って傘を開いてバス停を出た。

雨はまだ、止みそうにない。


行成はものの五、六分ほどでバス停へと戻ってきた。

ビニール傘を手渡され、水たまりを踏まないよう気をつけながら歩く。途中、同じ学校の誰かに見られやしないかとびくびくしたが、そんなことを思っている間にアパートへとすぐ着いてしまった。

表札に右下がりのかわいい字で「矢野《やの》」と書いてある。彼のフルネームは「矢野行成」だと知った。

「汚いけど、ま、上がってよ」

行成について玄関で靴を脱ぐ。

外観は古びていてお世辞にも立派とは言えなかったが、その分部屋の中は案外広々としていた。台所も二口コンロがちゃんと設置してあり、深い流しはきれいに磨かれていた。飲み干したビールの缶がゴミ袋いっぱいに詰まっているのが、「らしい」といえば「らしい」。

台所とガラスの引き戸で区切られた部屋の中は、たくさんの本や服などで散らかってはいたが、不潔な印象はなかった。だけれども畳に敷きっぱなしになっている布団と、その上に脱ぎ散らかしたTシャツとぐしゃぐしゃに丸められた肌掛け布団が放置されているのが目に入ったとき、見てはいけないものを見た気がして少しドキッとした。

「これで体を拭《ふ》け」とタオルを差し出されたので、ありがたく使わせてもらう。深草色の無地のタオルは、柔軟剤の香りの中にほんのりと煙草の匂いがした。

部屋の真ん中に置かれたテーブルの前に正座する。向かい側に座った行成は、裏地がオレンジ色の黒いてかてかした生地の鞄《かばん》の中から紙の束を取り出し、それをドサッとテーブルの上に置いた。

その一枚めを真咲に向かって差し出すと、濃いピンク色の水性ペンで右端を指し示しながら言った。

「ここの欄の点数、全部足して上に書いて」

真咲が任されたのは、大問ごとに出された点数の、最終的な合計を出すことだったようだ。これは間違えられないぞ、と妙に気合いが入る。

電卓を使うかどうか聞かれたので、「いい」と首を振る。二桁同士の足し算ぐらいなら暗算でもできるし、その方が早い。

雨音が響く中、黙々と作業を進める。途中で行成がやっている正誤判定に追いついてしまったので、小問の合計も真咲がやることになった。

「終わったよ」と声を掛けると、点数を表に書き込んでいた行成が顔を上げてこちらを見た。

「おお、サンキュ。助かったよ」

屈託のない少年のような笑顔。見ていると言いようもなく落ち着かなくなってくる。行成は「……いしょ」と言って立ち上がると、首をぐりぐりと動かしながら尋ねてきた。

「お前、ホットケーキ好き？」

うん、と頷く。たいていの甘いものは好きだが、ホットケーキは格別だ。……というか、世の中にホットケーキが嫌いな人なんているんだろうか、と真咲は思う。

すると行成は流しの下の扉を開けて、大型のボウルと掻《か》き混ぜ器、それと冷蔵庫から牛乳と卵、粉などを取り出した。

「俺、これだけは作るの上手《うま》いんだ。実物見てビビんなよ」

そう豪語すると材料を次々に量っては混ぜていく。真咲は横に立ってその様子をボーッと見ていた。

やけにあっさり混ぜ終わったな、と思ったら、今度は手慣れた様子でフライパンを温めだした。「マサキ、お茶の用意して」と言われたので、ヤカンに水を汲《く》んでもう一つのコンロに置いた。

皿を用意したりテーブルの上を片づけたりしているうちに、ホットケーキが焼き上がった。

「できたよ」

どん、と黒い皿の上に載せられたきつね色のケーキを見て、真咲は思わず「わぁっ！」と声を上げた。

「すごい、これどうやって作ったの？」

まるでパッケージの見本のようだ。表面はこんがりと均一なきつね色になっていて、型でも使ったかのように分厚い。自分で何度か作ったこともあるが、このように完璧に近い形で焼き上がったことなどまずない。

「あんまり混ぜすぎないのがポイントかな。あとは弱火でじっくり焼くこと」

行成が得意げに答える。しばらく出来映えを眺めていると、行成は「そんなにか？」と苦笑してそれをナイフで二つに分けてしまった。

片方を別の皿に載せる。バターをその上に落としてから、行成がこちらを見た。

「はい」

ごく自然に大きい方を差し出されたので、真咲は「いいよ、そっちもらうよ」と断った。すると彼は早々にケーキをパクつきながら言った。

「男同士で遠慮なんかすんなよ。たくさん食わねーと大きくなれねーぞ」

……やっぱりな、と真咲は思った。行成は自分の性別を誤解している。初めて会ったときからずいぶんとぞんざいな態度だなとは思っていたが、それは同性に対する気安さから来るものだったらしい。

確かに自分の服装は男の子に見えなくもないが、それでも大抵の人は喋っているうちにちゃんと気づく。それなのにこの人は、自分が男子児童だと信じて疑いもしていないようだ。今日ランドセルの色を見て決定的になったのかもしれない。

だからといって今ここで訂正するのも……と思う。自分が女子だと知ったら妙な空気になりそうだし、ヘタしたらこのまま追い出されかねない。外はまだ雨が降っている。せめて今日ここから出るまでは知らんぷりを通しておくことに決めた。

「ユキナリさん」

「あ？」

「ホットケーキ美味《おい》しいね」

にこにこしながらそう言うと行成も同じように頷いた。

穏やかな時間が流れる。行成が幸せそうにモノを食べる様子を見ていると、こちらの心まで温かくなってきた。

騙《だま》している、という気持ちは少しもなかった。

行成が食器を洗っている間、手持ち無沙汰《ぶさた》になり部屋の中を見回した。

そこで、机の脇の壁に貼ってあった図面に目がとまった。

大きな月の写真だ。さっきまでは背中を向けていたので貼ってあることに気がつかなかった。夜空に浮かんでいるそれには、各クレーターごとに線がひっぱってあって英語で名前が書いてある。

何気なくそれを見ていると、いつの間にか洗い物を終えたらしい行成がすぐ後ろに立っていた。

「何、これが気になる？」

こんなものに興味を持つとは珍しい、と言わんばかりの口調だった。

真咲は頷くと、静かに答えた。

「……月にはうちの父さんが住んでるんだ」

バカにされる、とは思わなかった。この人は、きっと話を聞いてくれる。

案の定、行成は「はて」と首を傾げると、真咲に向かって大真面目に尋ねてきた。

「どういうこと？　オヤジ、宇宙飛行士なの？」

首を横に振る。

「去年、死んじゃったんだけど、亡くなる直前に『月に行ってくる』って言ってたんだ」

行成は一瞬顔を強《こわ》ばらせたが、すぐに「ああ」と相づちを打って話の続きを促《うなが》した。

「で、前まで住んでたところを引き払って四月にこっち来たばっかだから、この前は迷っちゃって……」

「なるほどな。で、マサキ、兄弟は？」

「いる。けど、ねーちゃんは海外に留学してて、にーちゃんは仕事でどっかの島にいる」

沈黙が訪れる。行成は打ち明けられたばかりの事情に対し、どういった言葉を掛けたらいいのか分からないでいるのかもしれない。

だけれど、真咲の方としても、特に同情を引きたかったわけでも、慰められたかったわけでもない。ただ、自分のことをもっとよく知ってもらいたかっただけだ。

真咲は気まずい空気を打ち消したくて、わざと落ち着きなく動き回った。そこで、机の上に見慣れないガラス瓶を見つけ、それに近づいてから指をさした。

「ユキナリさん、これは？」

真咲の質問に、行成が「さん付けしなくていいよ」と前置いてから答える。

「これは『透明骨格標本』っていって、サカナの身の部分を薬で溶かして、骨だけ取り出して色付けたやつだな」

「へー……、キレイ」

　ガラス瓶の中には、見事に着色した魚の骨がぷかぷかと漂っていた。透明な海を泳ぐ魚の幽霊のようなそれは、骨の色が青よりも濃くて闇に近い——真咲の好きな藍色だった。

　口を開けて見とれていると、行成が首の裏を掻きながら言った。

「まだ試料あるけど、作ってみる？」

「これって作れるの？」

「あ、ああ。これはデカいから三ヶ月ぐらいかかったけど、メダカみたいな小さいのなら二週間ぐらいでできるぞ」

「どうやって？」

　興味津々で行成を見上げる。すると彼はガラス瓶を手に取って説明を始めた。

「まずはその辺で釣ってきた魚をホルマリンに浸けてだな」

「えっ、生きたまま浸けちゃうの？」

　真咲が急に驚いた声を出したので、行成は「しまった」とでも言うように口元を歪めながら返した。

「……一応。死んだのでもできるけど」

「ふーん……。ちょっと可哀想だね」

「そうだな……。確かに俺もちょっと見ててキツかったもんなぁ」

行成は「まぁ、気が向いたらいつでも言えや」と言って瓶を机の上に再び置くと、真咲に座るよう促した。

その後は、「好きなことしてろ」という行成の言葉どおり、彼の部屋にあった雑誌やマンガを勝手に読ませてもらった。彼は難しい顔をしてラップトップの画面を睨んでいたが、真咲が「うわ」とか「えっ」などと本の中身に反応するたび、「どれどれ」と顔を近づけて真咲が読んでいたものを覗き込んできた。その行動がなぜか嬉しくて、大してウケたわけでもないのに大声で笑ったりもしてみた。

まだまだ帰りたくないな――、そう思っていたが、昔の漫画について喋っている途中で、行成が壁に掛かった時計を見て、急に顔色を変えた。

「やべ、もうとっくに六時過ぎてっぞ」

俺も今からバイトなんだよ……とカバンに荷物を詰め始める。慌てたその様子を見て、真咲は時間を教えなかったことをすぐに後悔した。

追い立てられるようにして玄関から出ると、行成が「ちょっと待て」と声を掛けてきた。

「まだ雨降ってるから、傘持ってけ」

白い柄のビニール傘を差し出される。行成は自身も靴を履きながら、鞄を小脇に抱えていた。

「それじゃ、今度返しに……」

「いや、いいよ。それぐらいやるよ」

そう言ってドアノブに鍵を突っ込んで回した。ひどく急いでいる彼は手を挙げて「それじゃ」と言って、真咲の方を振り返らずに早足でアパートの階段を駆け下りた。

紺色の大きな傘が遠くなる。完全に見えなくなると、真咲はため息をついてビニール傘を広げてアパート前から立ち去った。


雨は夜には上がり、都会の夜空にもぽっかりと円い月が昇った。

しかし真咲は、今日はいつものように空に語りかける気にはならなかった。

『そんじゃ、さ。ちょっとお前うち来る?』

行成の声が耳にこだまする。自分はその誘いどおり、行成の家で何時間かふたりきりで過ごしてしまった。

なんだかよく分からないけど未だにドキドキする。だけどきっと、誰かに知られたら台無しになってしまいそうな気がする。

だからこのことは、絶対に秘密にしたい。母親はもちろん、友達にも叔父さんにも、そしてお父さんにも――

その日は、引っ越してきてから月に祈らなかった初めての日になった。

梅雨明けの街

じめじめとした長い雨が上がり、本格的な夏のシーズン到来を予感させるほどカラッと晴れ上がったその日、プールの授業で疲れた体を休めるため居間のソファで真咲がまどろんでいると、庭先からがさがさと物音が聞こえた。

慌てて飛び起きて外を見る。庭に植えられたプラムの横にいつの間にか脚立が置いてあり、その実を何者かがもぎ取ってはバケツへと放り込んでいた。驚いて思わず声を上げてしまいそうになったが、よくよく見ると、その果実泥棒は叔父の忠晴に似ている——じゃなくて忠晴本人だった。

掃き出し窓をガラリと開けて、庭へ出る。つっかけのサンダルを履いて脚立に近寄ると、叔父は真咲を見下ろして「おお」と破顔《はがん》した。

「真咲、今年のプラムは当たりだぞ」

「おじさん、今日仕事は？」

「大きな案件がさっきやっと終わったんだ。ここんとこは寝られなかったけど、代わりに明後日まで休み取ってきた」

そう言って赤い実をひとつ採って真咲に手渡した。「食べてみろ」と言われたので皮を剥《む》いて歯をあてがう。ほんのりと酸味の漂う甘い果汁が口の中いっぱいに広がり、寝起きのだるい体にしみ込んでいくのが分かった。

何か手伝うことはないか、と聞くと、実を拭いて並べてくれ、と言われた。台所へ一旦戻りキッチンペーパーを何枚か持ち出し、縁側に座って作業にとりかかった。

実を拭きながら、熟したものとまだ青さが残っているものを分けていく。脚立を移動し黙々とプラムをつみ取っている叔父は、徹夜明けで疲れ果てていたってよさそうなものなのに、実にいきいきとしているように見えた。

母より七〜八歳若い叔父だが、「じょうじょう企業」とやらに勤める多忙なサラリーマンだと聞いた。背が高く人目を引く顔立ちで、「小さい頃から女の子の影が絶えなかった」とは母の弁である。それなのに未だに独身で、早く落ち着いてくれればいいのに、と母はことあるごとに愚痴っていた。

叔父自身はひとりでマンション暮らしをしているが、庭いじりをするため、月に二〜三度は真咲の家へ草刈りや肥料撒きをしに現れる。放置気味だったプラムの樹が見事結実するまでになったのも、叔父の世話があったからだ。もともとこの家は祖父母のものだったが、「年寄りに階段は堪《こた》える」とのことで、ふたりは現在集合住宅に暮らしている。一軒家をもてあましていたところに、娘と孫である真咲たちが収まったという格好だ。

真咲にしてみれば自分をからかってくるところが少々苦手だったが、たびたび会っているうちにそれも馴れてきた。親しくなれば、気さくで良い人間なのだ。

「ねー、おじさん」

叔父が振り返りもせずに「なんだ」と答える。

「今日も、家に帰っちゃうの？」

「……ああ。家の中ほったらかしだから。帰るよ」

「だったら、いっそのことうちに引っ越してくればいいのに」

叔父は真咲の言葉に一瞬手を止めた。だが「バカなこと言ってんな」と言うとすぐにプラムの採集を再開した。

今の家には使っていない部屋があるし、ここに住めば庭だって好きなだけいじれる。わざわざ別に暮らしているのが無駄なんじゃないか……と真咲は思うのだ。

真咲は「えー、でも」と付け加えてから、反論に出た。

「きっと、ガリレオだってその方が喜ぶよ」

叔父の飼っている犬のことを持ち出す。狭いマンションではきっと十分に走り回ることもできないに違いない。叔父もあまり散歩に連れて行けないようだし、もし一緒に暮らしていたら、自分が遊んでやることもできるのに。

すると叔父は苦笑いをして答えた。

「いい歳こいた男が親とか兄弟と住むのも変だろ」

「でもさ、うちお母さんいないこと多いしさ。いてくれたら嬉しいんだけど」

それは真咲の本音だった。最近本格的に仕事に復帰した母は、残業などで長時間家を空けることも多い。

寂しい、と泣く歳でもないが、誰かが一緒にいてくれるのならその方がいい。ずっといい。

脚立から真咲を見下ろしていた叔父は、ぽんと地上に降り立つと、プラムのぎっしりつまった重そうなバケツを持って真咲に歩み寄った。

「なんだ？　お前がそんなこと言うなんて珍しいじゃないか。やっと俺の良さが分かったか」

はぐらかされて真咲はムッとした。そんな真咲に構うことなく、叔父は縁側にバケツを置いた。真咲が分けて並べていたプラムを、予《あらかじ》め用意していたらしいビニール袋へ詰め始める。

ビニール袋がいっぱいになると、それを真咲に向かって指し示した。

「これはあとでじーさんとばーさんの方に持ってってくれ」

明日は母と祖父母の家で週一恒例となっている食事会の予定だ。そのとき一緒に持っていけばいいだろう。

しかしプラムの実はまだバケツいっぱいに残っている。叔父がその上の方から「それじゃ、俺はこれぐらい」と三、四個だけ手に取ったので、

「残りは？」

そう真咲が尋ねると、叔父はさも当然というように、

「お前とかーちゃんの分だろ」

と言って真咲の頭をぐしゃぐしゃと撫でた。

再びバケツの中へと目を落とす。プラムは今にもこぼれんばかりに赤く熟したもの、まだ青く固そうなもの。さまざまな色合いのものがあったが、見えているのはごく一部で、一体この中に何個あるのか真咲には見当もつかなかった。

「ふたりじゃこんなに食べられないよ」

きっと母と自分だけでは食べきる前に腐らせてしまう。せっかく収穫したのに無駄にしてしまうのはもったいない。

叔父にもっと持って行け、という意味を込めて言ったはずの台詞は、またもや飄々《ひょうひょう》とした調子ではぐらかされた。

「じゃあお前の友達にでも持ってけば。喜ぶと思うよ」

「友達……」

言われても思い浮かばない。こんな庭先で採れた果実を学校の知り合いに押しつけ

たところで、迷惑がられるだけな気がする。

叔父が「いい仕事をした」とばかりに大きく伸びをした。夕陽を受けて庭の地面に落ちた長い手足の影が、ある人物のそれを彷彿《ほうふつ》とさせた。

「それじゃ、俺はもう帰るから」

「うん……」

真咲は叔父を見送ったあと、プラムの入ったバケツを台所に運んだ。そのうちの十個ほど、あまり傷のついてない見栄《みば》えのいいものを選んで紙袋に詰めた。

自分の部屋に駆け上がる。クローゼットを開け、誰にも見えないように置いてあったビニール傘を取り出した。

突然の雨に降られたあの日、再会した親切な青年から借りた傘。

「やるよ」と言われたが、いつか返しに行こうと思っていた。だけど、手放してしまったら今度こそ本当に縁が切れてしまいそうで行けなかった。

(これのお礼です、って言えば、また少しはお話できるかな)

ビニール傘の柄をぎゅっと握りしめる。先日見たことわざ辞典に載っていた「思い立ったが吉日」という言葉を思い出した。

この気持ちがなんなのかはまだはっきりしない。それでも、あの男の人と一緒にいると、ホッとするし、それと同じくらい楽しい。遠足の前の日みたいにわくわくする気分。それがずっと続いてほしくて、時計が止まってしまえばいいって本気で思った。

プラムの酸味のある甘い味が、口の中に甦《よみがえ》ってきた気がした。


真咲は数週間前の記憶を頼りに、くたびれたモルタル造りのアパートまでたどり着いた。

少し肌寒かったのでパーカーを羽織《はお》って、手には以前借りたビニール傘と、袋いっぱいに詰められたプラムの実だけを持っていた。

扉の横の呼び鈴は「♪」のマークが薄汚れて消えかかっていた。繋がっているかどうか不明なそれを恐る恐る押してみると、中から「キンコン」というような古めかしい音が聞こえてきた。

しかし、扉の内側からはそれから一切物音がしない。

「……やっぱいないか」

ため息をついて俯《うつむ》いた。やはり大学生といえど、平日のまだ陽も沈みきっていないこの時間に家にいることはなかったらしい。

扉に背を向けて寄りかかる。行成の住んでいるアパートは幸いなことに大通りから外れた静かな住宅街にあり、その前を通る道路は交通量が少なく、たまに買い物帰りの主婦や散歩をする老人が歩いて横切る程度である。真咲は「お腹が空くまで待って来なかったら帰ろう」と決めて、そのまま部屋の前に座り込んだ。

向かいの家の垣根から、空に向かって真っ直ぐ伸びるタチアオイが見えた。まっすぐに伸びる茎に沿って絡みつくように連なって咲いている赤い花は真夏の太陽に似ていて、これから来る季節を真咲に否《いや》が応でも思い起こさせた。

本でも持ってくれば良かったな、と思いつつ行成を待つ。チリ……チリ……とどこかで揺れている風鈴の音だけが心地良く響いていた。

そのうち西の空にたなびく雲が次第に赤みを増してきた。そういえば、往来を行く人の中にも、会社帰りと思《おぼ》しき人の姿がちらほら混じり出している。時計を持っていないので時間は分からないが、もう一時間以上は経っている気がする。

道を歩いていたひとりの老婆が、アパートの前で動かない真咲の姿を見て不審げに振り返った。もしかしたらずっと真咲がここにいることに気づいたのかもしれない。

（……変に思われたかな）

そう思うと途端に焦《あせ》ってくる。お巡りさんでも呼ばれたら大変だ。早く帰らなきゃ、と腰を上げた瞬間だった。

突如、部屋の中からがちゃがちゃと金属が擦れる音が聞こえた。

咄嗟《とっさ》のことで身を強《こわ》ばらせていると、それまで自分がもたれ掛かっていた扉が出し抜けに開いた。

「あっ！」

玄関を開いた人物は、すぐ外に立っていた真咲を見て軽く飛び上がった。

「え……お前、ずっとそこにいたの？」

真咲は行成の問いに頷くこともできず、

「えーと、さっきチャイム鳴らしたんだけど、出てこなかったから」

と、言い訳がましく答えた。

行成はうろたえたように口元を歪めた。以前会ったときよりも表情に乏《とぼ》しく、顎《あご》や鼻の下には点々と髭《ひげ》が生え、疲れているのか目の下は落ち窪《くぼ》んでいた。縒《よ》れた半端な袖丈のTシャツにスウェット地のハーフパンツという出で立ちで、まるでさっき起きたばっかりです、と言わんばかりの格好だった。

「ああ、悪い」と行成は頭を掻きながら真咲の顔をじっと見つめた。その体からは、ほんのりと酒の匂いがした。

「これ、ありがとうございました」

しどろもどろになって傘を差し出すと、行成は戸惑いに顔を俯けた。

「そっか。そんなの玄関の前に置いてってくれれば良かったのに」

「あ、あと、この前のお礼に、これ持ってきたから」

「なんだこれ。梅？　桃？」

行成は真咲に渡された紙袋を開け、視線を落とす。

「プラム、だよ。うちの庭先で採れたんだ」

ふーん、と頷く。玄関の扉が再び閉じられていく。やはり突然押しかけたのは迷惑だったかと後悔していると、狭くなったドアの隙間から行成の急《せ》いた声がした。

「とりあえず中入れば」

「えっ？」

「食ってくだろ？」

あまりにも自然に誘われて、真咲は多少面食らいつつも遠慮がちに答えた。

「でも、ユキナリに持ってきた分だし」

「いや、こういうのってひとりで食っても美味くねーじゃん。一緒に食おうぜ」

長年連れ添った友達の如く気の置けない物言い。それに行成の顔色が悪いのも少し心配になり、真咲は再びアパートの玄関を跨《また》いだ。

部屋の中へ入ると、酒の香りがより一層濃く漂っていた。

それもそのはず。テーブルの周りにはビールの空き缶がいくつも転がっており、サキイカやカマボコなどの包み紙も散乱していた。以前訪れたときも整頓されているとは言い難い部屋だったが、今回のそれは明らかに「汚部屋」と言っていい有様だった。

　自室の惨状を改めて目の当《ま》たりにし、行成が自虐的に呻《うめ》く。

「うわー……、こりゃひどいな」

「何かあったの？」

「いや、まぁ……、大人にはいろいろあるんだよ」

　バツが悪そうに顔をしかめると、行成はテーブルの上に開きっぱなしだった白い紙と封筒を乱暴に握りつぶし、食べ散らかしもろとも部屋の隅にあったゴミ箱へと放り込んだ。

「ごめん、ちょっと片づけちゃうから」

「そんな、別に気にしないけど……」

　この部屋の状況を見ても、彼のことを「だらしない人間だ」と決めつける気にはなれない。本人の言うとおり、いろいろと子供には分からない事情というものがあるのだろう。真咲は行成に倣《なら》い、空き缶などを適当に分別《ぶんべつ》してビニール袋に詰めていった。

　あらかた片づけたあと、行成はプラムを洗うために台所へと向かった。

　手持ち無沙汰になった真咲は、部屋中に散乱していた本を本棚に並べ直した。余計なお世話かな、と思いつつ脱ぎっぱなしだった衣類を畳んで、ぐちゃぐちゃになった布団もきちんと皺《しわ》を伸ばした。

皮を剥いたプラムを手にして部屋の中に戻ってきた行成は、「うわ、すげぇキレイになってる」と驚嘆の声を上げた。

冷えた麦茶と、水滴の付いたプラムがテーブルの上に並べられる。そのうちの一つの皮を剥き、滴《したた》る果汁が服に付かないよう注意しながらがぶりと噛みつく。

顎を動かして飲み込むと、行成は無表情のまま呟いた。

「ああ、これか。昔ばーさんの家で食ったな」

「あ、ホントに？　おばあちゃんも家でつくってたの？」

「いや、多分ご近所さんからのお裾分けだったんだと思う。果物やら野菜やら、いつもたくさんもらってたよ」

「へー、羨《うらや》ましいね。どの辺に住んでるの？」

「北陸の山ん中だよ。ガキの頃は毎年夏になると行ってたけど……。最近は顔も出してねぇな」

瞼《まぶた》を伏せて遠い目をして、「まぁ、こんなんじゃ合わせる顔もないけど」と自嘲気味に笑った。

……それは、どういう意味なのだろうか。そういえば、初めて見たときも河川敷で顔を隠して寝転んだりして、何か深刻な悩みを抱えていそうな雰囲気だった。

だけど、自分が聞いていいものか……、と考えていると、先に口を開いたのは行成の方だった。

「お前はいいよなぁ」

「えっ？」

「やりたいこと、いっぱいできるし、まだまだこれからだもんなぁ」

真咲はムッと顔をしかめた。正直、小学生だってそこまでお気楽ではない。特に自分は、父を亡くし友達もできず、羨ましがられるような境遇にはいない。

反論しようとするより先に、行成は「ごめん、なんでもない」と言って再び俯いてしまった。

生暖かい風に乗って、開け放した窓から子供たちのはしゃぐ声が届いた。酸っぱいプラムを食べきってしまうとすることがなくなり、気まずくなって真咲は話題を振った。

「そういえば、どこか出掛けるところじゃなかったの？」

先ほどのこと。家の中から勝手に扉が開いた。あれは外に用事があったからではないのだろうか。この前のように自分のせいでバイトに遅れそうになったら大変だ……そう思って尋ねる。

「あ、ああ。夕飯の買い出し行こうと思ってたんだわ。日も暮れそうだし、そろそろ行くか」

大した用事でなくて良かった。そう胸を撫で下ろしたのもつかの間、行成は麦茶を飲み干し、テーブルの前から立ち上がった。

「どこ行くの？」

「駅前の商店街。あの辺、総菜とかが安いんだよ」

部屋の中を「財布、財布」と、うろうろしている行成に、真咲は思い切って聞いてみる。

「付いてっていい？」

行成は真咲を振り返って、「ああ」と頷いた。

真咲は流しに皿を運んでザッと流すと、運動靴を履いて行成より先に玄関を出た。

ふと空を仰《あお》ぎ見ると、太陽の沈んでいく方角に、一つだけ光る星を見つけた。

月は、まだ出ていない。

駅前から数百メートルに渡るアーケード下の商店街には、飲食店をはじめ洋品店、楽器店など、大小様々な店が連なっている。夕暮れ時ともなれば行き交う人々の波で活気に溢《あふ》れるのだが、今日は特に賑わっている気がする。

その理由をいち早く察知した行成が、隣を歩く真咲に向かって呟いた。

「もう夏祭りやってんのか。早いな」

通りの真ん中に、軽食などの露店がいくつも出店している。普段は母親に止められているためあまり買い食いなどをしない真咲だったが、別に何も買わなくても催しには心が躍《おど》ってしまう。

尤《もっと》も、真咲よりもこの雰囲気を楽しんでいるのは、彼女よりうんと年上の、隣を歩く青年のようだったが――

「チョコバナナかりんご飴、食う？　奢《おご》るよ？」

弾んだ声で尋ねられ、真咲は首を振る。

「お母さんがご飯作ってくれてるから、今日は大丈夫」

それに、家の近くまで送ってもらったり、傘を貸してくれたり、お世話になっているのはこちらの方なのに、これ以上恩を受けることはできない。

すげなく断られ、行成は不服そうに口をとがらせた。

「そっか」

……もしかしたら、お裾分けでも貰う算段でいたのだろうか。

行成のこういうところが、自分の知っている他の大人の人たちと違って、たびたび自分を戸惑わせる。どきどき、また心臓が早くなっている。

前方から綿菓子を持った五、六歳ぐらいの幼児が突進してきた。ぶつからないようにひらりと身を避《よ》けると、行成とはぐれてしまいそうになった。

行成が「こっちだ」と言って真咲の手を取る。

彼の手のひらはがさがさしていて、大きく、それでいて少し冷たかった。

そのまましばらく歩いていると、天ぷら屋の前を過ぎたところで行成は急に足を止めた。

「おっ、金魚すくい」

半畳ほどの浅い水槽の中に、オレンジ色に近い赤の金魚が、長い背びれをひらひらと揺らしながら何匹も泳いでいる。よく見るとたまに黒いものも混じっていた。真咲よりもいくらか年若い女の子二人組が、真剣な表情でお椀《わん》とポイを持って水槽の前にしゃがみ込んでいる。

この子たちは上手く掬《すく》えるかな、と後ろからその様子を窺っていると、金魚を水槽の角に追いつめたところで、女の子たちのポイは無惨にも破れてしまった。

「あー、残念」

まるで自分のことのように悔しそうに行成がため息をついた。

女の子たちは「はい、オマケ」と店番らしき中年女性から一匹ずつ金魚を貰うと、満面の笑みを浮かべ、そのままどこかへと駆け出した。

行成が尋ねる。

「お前、こういうの得意？」

「やったことないから分かんない」

小一の頃友達と夏祭りに行ったとき、やりたいと思ったこともあったがお小遣いが足りずに諦めた。その後もなんやかんやと機会を失い続け、結局一度もやらないままこの歳になってしまった。

行成は「あ、そうなの」と意外そうに眉を動かして、水槽の前に座り込んだ。ポケットから財布を取り出すと、お金と引き替えにポイを受け取り、それを真咲の方へと差し出した。

「はい」

「えっ」

「いいからやってみなって。何事も経験だよ」

にやにやとしながら手にポイを押しつけてくる。断り切れず真咲は、行成の隣にしゃがんで水槽の中を睨みつけた。

一匹、周りの魚たちに較べて動きの鈍い奴がいた。所狭しと泳ぎ回る金魚が多い中、そいつだけのろのろと白いプラスチックの池を漂っている。

それに狙いを定めて、壁際に寄った隙にポイをくぐらせた。「捕れた！」と喜んだのも一瞬、案外大きかったその金魚はうすい紙の上を跳ね回り、お椀の中に入れる寸前でぽとりと水の中に落ちてしまった。

「……やっぱりダメだったか」

あともう一歩のところだったのに。逃げた金魚を未練がましく視線で追ってしまう。でも名残惜《なごりお》しいけど仕方がない。諦めようとしたとき、隣の行成が急に袖を捲《まく》って宣言した。

「よし、今度は俺がやる」

……結局、自分がやってみたかっただけではないだろうか。それなら最初から自分だけチャレンジすればいいのに、と思ったが、真咲も生まれて初めての金魚すくいを結構楽しんだので、何も言わず行成の挑戦を見守った。

隣の行成は、先ほどまでのどんよりした表情が一変、今は活き活きと目が輝いている。

「さーて……どれにすっかな」

行成は水槽に向かって前のめりになると、ポイとお椀を持って口を固く結んだ。

網を水面すれすれのところで待機させてタイミングを窺う。エサと勘違いしたのか上部に何匹か集まってきた。キッと目つきを鋭くさせると、素早い動きで金魚を水の中から掬った。

間髪《かんはつ》入れずにそれをお椀の中へと滑らせる。

「やった‼」

「よっしゃ！　ゲット！」

行成が笑顔でガッツポーズを作った。

掬うと同時に紙は破れてしまったが、お椀には今しがた捕獲したばかりの金魚が二匹、すいすいと泳いでいる。

「すごーい、やっぱ上手だね」

「いや、そんなんでもねぇよ」

謙遜《けんそん》するように鼻を鳴らす……が、顔は嬉しくて仕方がないのか明らかに緩んでいる。「の」の形をした奥二重の眼が、ますます細く狭《せば》められた。

「あー、赤いのだけ狙ってたのに、おまけがいる」

お椀の中を覗き込む。目当てだったのは赤い金魚のみで、黒くて一回り体の小さいものは巻き添えを食らってしまっただけらしい。金魚にとっては災難かもしれないが、自分たちにはラッキーと言えるだろう。

それを店番に手渡した。二匹の金魚は透明な巾着《きんちゃく》状のビニール袋に移し替えられた。

立ち上がって店番に礼を言うと、行成は金魚の入った袋をごく自然に真咲に差し出した。

「はい」

「えっ……、貰っていいの？」

意外な行動にきょとんと顔を見上げた。あれだけ一生懸命やっていたのは、よっぽど金魚が欲しいのかと思って見ていたのだが、そうではないのだろうか。

「ああ。お前が持って帰って世話してくれよ。名前でも付けてさ」

「え……」

「家の様子見りゃ分かんだろ。俺ズボラだし、きっとすぐ死なせちゃうからさ。お前に飼ってもらった方が、絶対こいつらも幸せだって」

やけに熱っぽい口調で捲《まく》し立てる。

それでもまだ納得できないでいる真咲に、行成は背を屈めて顔を覗き込み、その手を取って無理矢理ビニール袋を握らせた。

「んで、もしそいつらがオスとメスで、子供でも生まれたらそっちは引き取るからさ。頑張って育てるんだ」

急に手を掴まれ、耳の後ろがカッと熱くなる。照れていることを気づかれたくなくて、「わ、分かった」と頷くしかできなかった
ビニール袋を目の高さまで持ち上げる。水の中で、鮮やかな朱赤《しゅあか》と濁りのない漆黒《しっこく》

の小さな生物が絡みつくように踊っている。

「それじゃ、赤い方がうめぼしで、黒い方がこんぶ」

「お前、案外食い意地はってるのな」

真咲が直感的につけた名前を、どっちもおにぎりの具だろ、と行成は声を立てて笑った。


行成は近くの弁当屋で酢豚とサラダを選んで、当初の目的だった夕飯の買い出しを済ませていた。

他愛のないことで笑いながら、日の暮れてしまった街を歩く。子供の自分の歩幅に合わせているから、帰りを急ぐ大勢の人に追い抜かされた。その中で、行成の点々と髭の生えた白い肌とシャツが、夕闇に溶けずに浮かんでいた。

帰り道の途中で、「またね」と手を振って別れた。手にぶら下げた金魚が増えたときのことを想像しながら。そうなったら真っ先に会いに行こうと決めた。


その日の夜、真咲は夢を見た。

ごつごつした岩の多い海で、服を着たまま、尾びれの付いた足で縦横無尽《じゅうおうむじん》に陸へ向かって泳いでいた。

水の中では、その日捕まえた二匹の金魚と彼らとよく似た子供たち、それと骨だけの青い魚がたくさん泳いでいて、何回もすれ違った。

目指す場所に待っている人を焦がれながら。息をしようと顔を上げると、外は闇に包まれていた。

空には大きな星が半分だけ浮かんでいた。深い青色を地に、緑と白のマーブル模様の星。あれはどこかで見たことがある。

あの星は地球だ。だとしたら、ここは――

そう考えた瞬間、鮮やかな夢は終わった。

最後の夏休み

ミーン、ミン……と威勢のよすぎる蝉《せみ》の鳴き声が耳につく。もしかしたらすぐ近くのベランダで鳴いているのかもしれない。

真咲は学期の終了に伴う三者面談のため、母親と共に学校へ来ていた。

最近では二学期制の小学校も多いと聞くが、真咲の通う学校は転校前も今も三学期制だった。従って、夏休み前のこの暑い盛りに、通知票を受け取ることになる。

「……では、卒業後は私立の中学への進学を予定されていると」

前に座った担任教師がハンカチで額の汗を拭う。クーラーのない教室では旧型の扇風機が首を振り続けているが、それでも一向に涼しくはならない。

母親よりもいくらか年若い女性の教師は、他の児童たちから「いい先生」と言われ人気があるようだ。もっとも、教え方がうまいとか尊敬できるとかではなく、ただ「怒らない」「怖くない」から他の教師よりも自分たちが好き勝手なことをしやすいというだけではないだろうか、と真咲は思っている。

珍しくスーツを着込んだ母親が答える。

「ええ、本人もそう望んでいるようですし」

望んでいるわけじゃない、そう反論しかかった。

自分は、期待に応えるためにそうするだけ。確かに、公立の中学に進学すれば大部分が今の同級生と重なってしまう。そういった環境から逃げたいというのもあるけれど、大部分は「お父さんの子供なんだから勉強ぐらいできなきゃ恥ずかしい」という母親の発破《はっぱ》があってこそだ。

担任教師は人の好さそうなふっくらした顔を崩して、笑顔を作った。

「真咲ちゃんの成績であればどこでも狙えると思います」

母親の頬がほんの少し勝ち誇ったようににやりとした。受け取ったばかりの通知票に目を落とすと、「◎」がずらりと並んでいる。（と、言ってもこの学校は評価が「◎、○、△」の三段階のみだったが）各教科の項目ごとの小テストではだいたいいつも満点だし、先日受けた模擬試験でも何校か挙げた志望校はすべて合格の範囲内だった。

もともと小さい頃から頭は悪くなかったが、ここ最近は、転校前まで外で遊んでいた時間をすべて勉強に充てて努力もしている。

がんばってね、と教師が真咲の目を見て励ました。照れくさい半面、今もすでに頑張っているのにこれ以上どうしたらいいのかという戸惑いを覚える。

「それでは以上になりますが、何かご質問は」

教師に尋ねられ、母親が「いいえ」と首を振る。

ありがとうございました、とお互いに頭を下げて立ち上がろうとしたとき、教師がこれだけは、とばかりに付け加えた。

「あと、二学期には、もっと友達ができるといいね」

急に顔が熱くなってくる。真咲は小さな声で「はい」とだけ答えると、母親に急かされて教室を後にした。


廊下に出ると、母親は恥を掻《か》いた、とでも言うように真咲を睨みつけた。

静まり返った校舎をあとにする。強い太陽光に照らされ、濃い影が歩道に落ちた。

しかし明後日から夏休みだというのに一向に気分は晴れない。

それまで無言で歩いていた母子だったが、国道を横切る歩道橋を下りきったところで、業《ごう》を煮やしていた母親がようやく口を開いた。

「あんた、まだ友達作ってないの」

否定することも頷くこともできない。喋《しゃべ》る相手なら、いる。

クラス委員の女の子は真咲が完全に孤立しない程度には話しかけてくれるし、他の子からもあからさまにいじめられているわけではない。

だけど、それを友達と呼んでいいのかは分からない。それに、「友達を作る」という言い方になんだかモヤモヤする。

友達は無理矢理作るものではなく、自然となるものなはずだ。

真咲が言い返せずにいると、母親は一層声を甲高くした。

「なんでもっと周りに合わせられないの？　なんでそんなに頑固なの？」

合わせようとしてないわけじゃない。ただ、きっかけが掴めないんだ。

多くの女の子が盛り上がっているテレビや漫画や恋愛の話題――それらにどうしても興味が持てないから、話しかける糸口が見つけられない。それだけのことなのに、どうしてそんなに責められなければいけないのか。

それに――自分だって、前にいた場所では「いつまで経っても馴染めない」とこぼしていたではないか。周りに合わせられないのは同じはずなのに、どうして分かってもらえないのだろう。

上手く言い表せずにもどかしく唇を噛みしめる。そんな真咲を一瞥《いちべつ》すると、母親は吐き捨てるように冷たい声で言った。

「勉強だけできたって、あんたみたいな子は将来苦労するわよ」

耳の後ろが熱くなる。棒きれで殴られたみたいだった。

（せっかく一生懸命頑張ったのに、少しも褒めてくれないの？）

分かってる、世の中にはいくらいい学校を出ても、暗い人生を送る人間もいる。その逆に、多少勉強はできなくても、良い仲間に囲まれて、充実した一生を過ごす人もいる。母は、その前者に真咲がなると言いたいのだろう。

だけど、つい先刻「成績が良い」と言われて母親も喜んでいたではないか。それなのに、どうしてそんなにすぐ手のひらを返したりして――

ギィ、と家の門をくぐる。炎天下の中歩き続けたせいで汗だくだ。だけど、目尻から流れたのは、汗ばかりではなかったかもしれない。

母親は「疲れた」と言って冷房の中少し横になると、昼も食べずにすぐに仕事へ向かってしまった。残された真咲は自らそうめんを茹《ゆ》でて腹を満たした。

シャワーを浴びて二階の自室に上がると、壁際の五段チェストへと歩み寄った。

ここには先日商店街の屋台で取った二匹の金魚の入った瓶が置いてある。真咲はこの瓶を眺めるのが好きだった。小さくても一生懸命生きている彼らを見ると、自分も頑張ろうと思わされる。

ところが――

「こんぶ、うめぼし」

様子がおかしい。よく見るまでもなく、二匹はぽっこりと膨らんだお腹を上にして水面に浮かんでいた。

瓶を叩いても揺すっても動かない。……すでに息絶えているのだ。

なんてことだ、と目の前が真っ暗になる。小さい瓶の中では可哀想だろうと、終業式が終わったらすぐお年玉を持ってペットショップに行こうと思っていた、その矢先だ。

真咲はしばらく呆然《ぼうぜん》と佇むと、居ても立ってもいられず部屋を飛び出した。

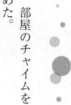

部屋のチャイムを二回連打されたあと扉を強く打ちつける音がして、行成は目が覚めた。
「誰だようっせぇ……」
昨晩からネットサーフィンをしていたらいつの間にか寝ていた。クーラーをかけっぱなしにしていたせいか喉が痛い。それに、テーブルの前で変な姿勢で寝ていたためか、少し動くと体中の関節が悲鳴を上げた。
外にいるのは新聞か宗教の勧誘か何かだろうか。どうせ自分が中にいるのを知っているわけではなかろう。無視を決め込んで布団に潜り直したとき、ガラッと部屋のガラス戸が開いて、何者かが駆け込んできた。

名前を呼ばれて慌てて飛び起きる。

「ユキナリ！」

「うわっ、なんだ？」

一瞬強盗でも押し入ってきたのかと肝を冷やしたが、そうではなかった。目の前では瞳を真っ赤に充血させた男の子が息を切らしている。

勝手に上がり込んできた非礼を責めるのはあとにして、「どうした、何があったんだ」と尋ねる。きっと、何か大変なことがあったのだろう。そうでなければ、こんなことをするわけがない。

マサキは行成の横にぺたんと座ると、切羽詰《せっぱつ》まった悲痛な面持《おもも》ちで吐き出した。

「あのね、この前とってもらった金魚」

「うん」

「今日家に帰ったら、死んじゃってた」

震える声で告げた細い肩を、行成は軽く撫でるように叩いた。

「そっか……。残念だったな」

なんだそんなこと、と無下《むげ》にはできない。自分にも、同じ経験があるからだ。

命のあるものいつか必ず息絶える。特に殆どの愛玩動物は人間よりも長く生きられないから、そばに置いていれば、遅かれ早かれ別れの時は訪れるのだ。

だけどそれを理解しているからといって、ショックが減るわけじゃない。今悲しんでいる人間にとって必要なのは、それを悼《いた》み、気が済むまで待っていてやることなのだろう。

ちょっと待ってろ、と言い残して台所へ向かう。流しの水で適当に顔を洗ってから、グラスに氷を入れ、冷えた麦茶をそれに注いだ。

麦茶を持って部屋に戻る。グラスを差し出すと、マサキは頬に滴る汗を拭《ぬぐ》い、麦茶を半分飲み干した。喉を潤したら少し落ち着きを取り戻したのか、「いきなり迷惑かけてすみません」と行成に向かって頭を下げた。

まったく、この年頃の子供というのは不思議なものだ。案外しっかりしているかと思いきや感情が脆《もろ》く、幼さを見せたと思ったら急に大人びた表情をする。そういえば、自分にもこんな頃があったのかな、と懐かしく思い出した。

グラスに残ったもう半分の麦茶をすべて飲みきってしまうと、マサキはぐるりと部屋の中を見渡した。視線がある一点で止まる。そして立て膝から正座へと急に姿勢を変え、畳に手を突いて行成の顔を真正面から見据えた。

「ユキナリ、お願いがあるんだ」

なんだろう、と胸がざわつく。赤の他人の自分にできることなどあまりないと思うが……。

マサキは机の上を指さして言った。

「これって死んでるやつでもできるんだよね」

あぁ、と答える。その指先には以前披露した透明骨格標本の入ったガラス瓶が置いてあった。

「こんぶとうめぼしで、これ作りたい」

幼気《いたいけ》だが意志の強い瞳が、自分を射抜くように見つめている。

どうしようかと行成は決めあぐねた。以前この子は標本作りにあまり乗り気ではなかった。おそらく父親のことがあり、「生き物の死」ということに敏感になっていたのだろう。だから無理に勧めることはしなかったけれど、今はもう金魚は死んでいるし、本人から「やりたい」と言って来ているのだ。きっとあの金魚を長く手元に置いておきたい、そんな気持ちがあるのかもしれない。

でも……。

「結構めんどくさいけど、本当にやるの？」

「大丈夫、絶対やりきれる」

「夏休みつぶれちゃうけど、いい？」

「いいよ。ユキナリさえ良ければ。だから、お願いします！」

そう断言した勢いに押され、「ダメ」と断ることはできなかった。

次の日の午後、終業式を終えたマサキは、さっそく金魚の亡骸《なきがら》を持ってアパートに現れた。

台所に並ぶと、行成は流しの下から奥の方にしまってあったホルマリンの瓶を取り出した。以前標本を作った際に化学系の大学の友達よりこっそり分けてもらったものだが、また使うことになるとは思っていなかった。

「それじゃ、やるか」

その問いかけに、隣にいる子供がゆっくりと頷いた。換気のため窓を開け放しているせいか、外の音がよく聞こえる。

「ちょっと辛いかもしれないけど……いいな」

まずは見本を見せるため、黒い方の金魚の腹にカッターを宛てて腹を開いた。

マサキは一瞬「うっ」と顔をしかめたが、すぐに真剣な目に戻り行成の手元を注視した。

行成からカッターを受け取ると、マサキは赤い金魚の体に切れ込みを入れた。

それからおおざっぱに内臓を掻き出す。そんなもんでいいよ、と適当なところでストップさせると、手元の手順書をぺらぺらとめくりながら言った。

「そんで、次は固定。ホルマリンは危ないから、必ず手袋すんだぞ」

マサキは透明なビニール製の手袋を手にはめる。金魚の体をホルマリンの入ったタッパーへと沈め、行成の指示に従いすぐに蓋をした。

「あとは、しばらく放置だな」

「しばらくって、どれくらいかかるの？」

「大きさにもよるけどこれぐらいなら固定に三日四日……、一応毎日チェックした方がいいかもな。そんで、全部完成するまで一ヶ月ぐらい」

「じゃあ、また明日来てもいい？」

特に断る理由もないので「いいよ」と答える。こいつは利発な子だから、こちらが構ってやれないときは空気を読んでくれるだろう。他の事情は思いあたらなかった。

こうして、真咲の小学校最後の、そして行成の学生生活最後の夏休みが始まった。


呼び鈴の音が部屋に鳴り響き、行成はコンロの火を一旦止めて玄関へと向かった。

合板でできた古ぼけたドアを外側に開くと、やせっぽちの男の子が斜めから降る朝の光に目を細めて佇んでいた。勤め人の母に合わせて、この子はいつも朝早くやってくる。

おはよう、と声を掛けようとしたところで、行成はギョッとした。

「お前、その怪我どうした」

「あ、ああ……。ちょっとそこで転んじゃって」

「ちょっと、って。結構ひどくねぇか？　痛いだろ」

左膝の皮がめくれて肉がむき出しになっている。傷は十円玉大で、滲んだ血がまだ鮮明な赤で小さな砂礫《されき》がその周りについていた。

「横断歩道、急いで渡ってたら、最後こけちゃって。でも、見た目よりはそんなに痛くないよ」

やせ我慢なのか本当に平気なのか、マサキは薄い苦笑いを浮かべたあと「お邪魔します」と言って靴を脱ぎ、呆気《あっけ》にとられる行成の横をすり抜けて部屋に上がった。

行成のアパートに小さな研究者が通うようになってから、今回で五回目だ。標本作りに使う試薬は危険なものも含まれているため、小学生に保管させるのは少し怖い。よって、実験はすべて行成の家において彼の目の届く範囲内で行う予定となっている。

とりあえず傷口は清潔にしておいたほうがいいだろう。風呂場の場所を教えると、マサキはひとりで傷を洗い流した。行成はその間に救急箱から傷パッドを探し出し、怪我人に手渡した。

「俺、朝飯食っちゃうから、ちょっと待っててな」

そう言いつけると、マサキはすぐに奥の部屋へと入っていった。

目玉焼きを載せたトーストとヨーグルト、それにトマトジュースをお盆に載せてエアコンの効いた部屋に入る。来客はつけっぱなしになっていたテレビをじっと見ていた。画面の方を見ると、朝の情報番組で星占いのコーナーをやっていた。甲高い声のナレーターが、癖のある調子で喋っている。

『ざんねん、ふたご座は最下位！』

「お前、何座？」

深い意味もなく尋ねると、マサキは「ふたご座……」と小声で答えた。

「なるほどなー。たしかに、ちょっと運悪いかもしれないな」

何気ない行成の一言に、マサキは傷パッドの貼られた膝小僧をぎゅっと抱えながら返した。

「うん……。実は、朝からお気に入りのコップが割れちゃったり、おっきなハチが部屋に入ってきたり、変なことばっかなんだ」

「えっ」

「だから今日は……、ホントにツイてないかも」

……からかっただけのつもりが、案外真に受けられてしまった。居心地が悪くて、行成はとりあえず目の前のパンにかじりつき、それらを流し込む勢いで平らげた。

朝食を食べ終えて適当に歯磨きを済ませると、テーブルの前に座るマサキへと声を掛けた。

「よし。んじゃ、今日の作業するか」

マサキはすぐに立ち上がって台所へとやって来た。

今日の標本作りは、余分に染まってしまった部分をアルコールで取り除く作業だ。試料を浸すアルコールを、濃度の濃いものから四段階ほどに分けてだんだんと薄くして（『置換《ちかん》』というらしい）、最終的に水で洗い流す。

「そーっと、……そーっとな」

染色溶液を取り除いたのち、試料である金魚の骨を１００％の無水エタノールの中に浸ける。マサキの表情は真剣そのものだ。染色しているとはいえ死んだ魚の骨だから、見た目的には若干「グロい」のだが、大して騒ぎもせずに作業をしているあたり「この子は肝が据わっているな」とよく感じる。

最初の作業が終わると、次の作業までだいたい二時間が空く。

冷房の効かない台所から奥の部屋に戻ると、マサキはテーブルの前に座って夏休みの宿題に手をつけ始めた。今日は市街地育成ゲームのやり方でも叩き込んでやろうかと思っていたが、課題があるならやはりそっちが優先だ。マサキは分数同士のかけ算・割り算の問題を解いていて、詳しくは見ていないがなんだかやたらと計算が速いような気がした。

手持ち無沙汰になってしまった行成は、パソコンの電源を入れると、しばらくネットサーフィンなどをしていたが、そのうちに見るべきページも尽きてしまった。

仕方なく行成は「そろそろ再開するか」と観念し、このところほったらかしにしてあった就職支援サイトへと久々にログインした。

三度目の置換作業のあと、行成は隣に立つ若干色素の薄い色の髪の小学生に訊いた。

「お前、昼は？」

ちょうど今はお昼時だ。最後の置換はあと二～三時間後だから、家に帰って食べる時間もあるだろう。質問すると、マサキは自分の胸の高さぐらいにある頭をこちら側に向けて答えた。

「お母さん今日忙しかったみたいで、何か買って食べてってお金渡された」

「そっか。ってことは、別に用意されてるってわけじゃないんだな」

「そうだね」

「じゃ、どっか外食いに行こうぜ。奢ってやるから」

するとマサキは一瞬の間のあと、「うん」と素直に頷いた。

奥の部屋のエアコンを消し、ふたり連れ立ってアパートの部屋を後にした。

外は強烈な日差しが降り注いでいて、ゆらゆらと陽炎《かげろう》が立ち込めるコンクリートの地面は、うっかり触りでもしたら火傷《やけど》しそうなほど熱せられていた。

「あ……ちーな、まったくもう……」

「言ったって涼しくなんないよ。ねぇ、早く行こうよ」

そう言ってマサキが急かしてくる。やっぱり子供の体力ってすごい。この猛暑でも、全く衰えることはないようだ。行成が「でももうちょっとのんびり歩いてくれ」と思いながらあとを付いていくと、ゆるい下り坂の先にファミレスの看板が見えてきた。

「ほら、もう少しだよ！」

マサキが指さしながら交差点のある道へと飛び出した。

と、そのとき右側からブロロロ……という軽いエンジン音がした。

「あぶない‼」

反射的にマサキの両肩を掴んで引き寄せた。後ろ向きでマサキがこちらに倒れこんでくる。それとほぼ同時に、マサキの足先すれすれを原付バイクが通り過ぎた。

まさに間一髪。事なきを得たものの、コンマ一秒でも気づくのが遅かったら大変な事故になっていたかもしれない。

マサキはバイクの消えていった方を呆然としながら見ている。その細い両肩をポンポンと叩くと、行成は諭すように言った。

「そんなに急がなくても大丈夫だから。な？」

決まり悪そうにマサキが頷いた。普段は交通量の少ない道路だとしても、やはり気をつけるに越したことはない。

それに、もしこの子に万が一のことでもあったら――行成はみぞおちあたりにある柔らかな髪をくしゃくしゃと撫でながら、ホッと息を吐いた。


ファミレスに着くと昼時なので混んではいたが、回転も良くすぐ順番が回ってきた。四人がけのテーブルにマサキと向き合って座ると、運ばれてきた水を一瞬で飲み干した。

「さーて、どれにすっかな……」

あらかた火照りが静まってから、やっとメニュー表を開いた。行成はパッと見て目についたおろしハンバーグ定食にしようとすぐ決めたが、目の前の男の子はどれにしようか随分と悩んでいるらしい。

「何にする？　お子様ランチ？」

とたんにマサキがムッと顔をしかめる。こういう反応が楽しくてついつい軽口を続けそうになってしまうけれど、あんまりやると大人としての威厳が保てなくなりそうなので、それ以上は堪《こら》えた。

ウェイトレスに注文をすると、数分後に選んだ料理が届けられた。マサキが頼んだのは真っ赤なスープに浸った煮込みうどんだったが、二、三口すすっただけで箸を止めてしまった。

「どうした？　辛かった？」

うん、とマサキが頷く。どうやら子供の舌には刺激が強すぎたようだ。

「じゃ、俺のと交換すっか。これなら食えるだろ」

「え……、でも相当これ辛いよ？」

いっちょ前に気遣いを見せた小学生に、行成は笑って応えた。

「ま、いいよ。俺もそれ食いたかったし。お前は育ち盛りなんだから、いっぱい食え」

有無を言わせずにマサキの盆と自分のを交換する。「これだけちょっとくれ」と食べかけだったハンバーグの部分を箸で切り分けると、取り皿に載せて食べた。

「やっぱ今日はツイてないなぁ……」

ちまちまとハンバーグ定食に口をつけてはいるものの、この子はどうやら今朝から続いている不運と星占いのことを気にしているようだ。些細なことで一喜一憂するあたりは、大人びて見えてもマサキはまだ幼い子供だった。

行成はフッと笑った。

「あれってさぁ……」

「あれって?」

「あの、朝のテレビでやってた星占い。あれ、実はさ、順番に良い、悪いってなってるらしいよ。ある星座がラッキーだったら、次の月の星座はアンラッキーの組、そういう法則があるんだって」

「え、そうなの?」

「うん。知り合いから聞いた」

知り合い、というか昔付き合っていた女の子が占いや迷信などにやたら詳しい子で、そう話していたことがあった。しばらくすっかり忘れていたが、目の前の子がヘコんでいるのを見て唐突に法則のことを思い出した。

「へー、そうなんだ……」

感心したようにマサキが呟く。

「あしたチェックしてみなよ。多分そうなってるから。だからさ、ああいうのって結構テキトーに占ってると思うんだよね。そんなに気にすることないって」

マサキは「うん」と心持ち明るく見える表情で頷くと、勢い良く定食を食べ始めた。この子が本心ではどう思っているかは分からないけれど、とりあえず気分が上向いてくれたようならそれでいい。

そうして気がつくと皿の上はきれいにすべてなくなっていて、「ごはんが余ったら貰おう」と思っていた行成はほんの少し落胆した。


ファミレスを出てしばらくすると、行きつけのコンビニの青い看板が目に入った。途端にマサキは薄手のパーカを翻してそちらの方へ駆け出すと、看板を指さして元気良く言った。

「さっきおごってもらったから、今度は自分がアイスおごるよ」

ちょうど汗も掻いてきて、自分も「冷たいものでも欲しいな」と思っていたところだった。

快く礼を述べると、マサキは得意そうに目を細めてにんまりと笑った。

こんな小さい子に奢られるというのもなんだか決まりが悪いが、ここで断ったらこの子の自尊心を損なう恐れもある。自分たちは上下のある関係ではなくて、年は離れているがあくまで対等な「友達」だ。たまにはこうやって、相手に花を持たせるのも悪くない。

小さな背中のあとに付いてコンビニのドアをくぐると、早速アイスの売り場へと向かった。

マサキはチョコのかかったバニラアイスとチューブ入りのシャーベットで悩んでおり、その間に行成は一番安いのを、と当たりくじ付きの棒付き氷菓を選んだ。

「お前、結構そういうのスパっと決められないよな」

「うるさいなぁ。今えらぶとこだよ」

心底煩わしそうにマサキはチョコかけバニラアイスの方に手を伸ばした。

先ほど大人量の定食を一人前ぺろりと平らげたというのに、よくもそんなにこってりとしたのを食べる気になるものだ。そのエネルギーがこの体のどこに入っているのだろう、と自分の半分ぐらいしかない細い手首を見ながら思った。

レジで会計を済ませると、また照りつける日差しの下へと踏み出した。

「おお、サンキュー」

外は相変わらずうだるような暑さだった。街路樹に止まっている蝉の大合唱が、四方八方からやかましく聞こえてくる。

このままだと家に着く前にアイスが溶けてしまう。その場で食べようと提案したところ、マサキも同じ思いだったのか、間髪置かずに同意した。

立ち食いも行儀が悪いので、児童公園の木陰の段差に腰を下ろす。

「はい、ユキナリはこっち」

「おお、サンキュ」

早速食べようと袋からアイスを引き抜いた瞬間、となりに座るマサキが「あっ！」と叫んだ。

「どうした?」

「これ……」

見ると、足元には無惨な形にひしゃげたアイスが転がっていた。どうもマサキは袋から取り出してすぐに、手を滑らせてアイスを落としてしまったらしい。

「お前、今日本当にツイてねえなぁ」

するとマサキはますます悲しげに顔を歪ませた。アイスを落としてしまったことで、朝からギリギリ耐えていた心がぽきっと折れてしまったようだ。

もっかい買ってくれば、と提案するがマサキは俯いたままふるふると首を振るだけだった。

自分が買ってやろうか、とも思ったが、先ほど「おごってあげる」と豪語した手前、きっとこいつはそれをよしとしないだろう。

なんだかめんどくさいことになったな……。そう辟易《へきえき》する一方でぱっくりと薄水色の氷菓をくわえ、しゃくしゃくと冷たさを口の中で味わっていた。

「……なぁ、マー君よ。ちなみにおひつじ座は今日何位だったか知ってる？」

尋ねるとマサキは呆然としながらもちゃんと答えた。

「えっ……と、分かんない」

「実は、二位だったんだけど」

行成ははぁ、と棒を見つつため息をついた。

「やっぱ占い、当たってっかもな」

「へ？」

「ほら、見てみろよ」

誇らしげに棒の先端に印刷された「一本当たり」の文字をちらつかせると、マサキはぽかんとした様子でアイスと行成とを見比べた。

「もう一本貰ってきてやるから、これでガマンしろ。な？」

落としてしまったアイスとは違う。だけどいくらかはこれで涼《りょう》もとれるはずだ。

行成の提案に、先程まで泣きそうだった顔はみるみる間にほころんでいった。

大急ぎで残りの氷菓を掻き込むと、ひとり先ほど立ち寄ったコンビニへとすぐに舞い戻った。

青い袋に入れられた氷菓を持って駆けつけたとき、マサキは初めて会った日のように「ありがとう」と何度も頭を下げた。

そんなに大したものじゃないのにな、と思いつつも、向けられた笑顔を見るのは何よりもこそばゆくて嬉しかった。


キーンと歯にしみるアイスを半分ぐらい食べ終わったところで、行成が唐突に話しかけてきた。

「べーってしてみて」

なんでそんなことを言うんだろう、と思いながらも素直に舌を出した。

「あ、ホントに青くなんねーんだな」

感心したように行成が呟く。行成が言うところによると、このアイスは合成ではない着色料を使っているので、ブルーハワイのようには舌が青くならないのだ、と。

それがどういう意味を持つのかは分からないが、自分と同じように行成も「べぇ」と舌を出して聞いてきた。

「俺は？　なってる？」

「ううん。全然」

行成の舌は赤くて、さっき食べたアイスの色なんてかけらも移っていなかった。

そう答えると、行成は満足そうに泣きぼくろのある目元をほころばせた。

なんだかドキドキしてきて、いつもと違う気がして、大慌てで残りのアイスを掻き込んだ。

残された無地の棒を見ると、行成が残念そうに呟いた。

「やっぱ二本連続はムリだったな」

……もう一本当たってもこれ以上は食べられないからいいけれど。

真咲は蝉の声を聞きながら、そっと上方を見上げた。きらきらとまぶしい木漏れ日が夜空の星みたいで、自分がどこにいるのか分からなくなりそうだった。

「おーい、マサキ。暑いしもう帰るぞ」

気がつくと、もやのかかった空気の向こうで行成が大きく手を振っていた。慌てて走って追いかける。隣に並ぶと行成は笑ってくれた。

やっぱり占いはハズレだな、と真咲は思った。ツイてないけどとっても楽しい。ずっとずっとこんな日がずっと続けばいい。そんなことを願うぐらいに。

途切れた放物線

じりじりと焼けつく暑さの日々が続く。標本づくりも佳境に差しかかっていた。マサキは金魚の様子を見てすぐに帰る日もあれば、行程によっては待ち時間がかかるので長居することもあった。その間は本を読んだりテレビを見たり、マサキが「ルールを知ってる」と言うので、ふたりで将棋を指したりもした。

（――まるで、全然吠えない犬でも飼ってるみたいだな）

行成が何かを言えば好奇心に目を輝かせて話を聞いてくれる。従順で素直で物覚えも良い小学生。暇つぶしに話す相手として丁度よかった。

それに、「お世話になってるから」と言って皿洗いや部屋掃除などを手伝ってくれることもある。お陰でここのところ不規則でだらしなかった生活が、そこそこまともになってきた。

だけど、気になることがある――

台所で今日の作業を終えると、マサキは試薬を片づけ始めた。最後に手を洗い流してタオルで拭き終わったタイミングで、行成は思い切って尋ねてみた。

「あのさぁ、マサキ」

「何？」

マサキが顔を上げた。

「お前、せっかくの休みなのに友達と出掛けたりしねーの？」

この子はほぼ連日家に現れるので、ちょこちょこと近況などを話したりするが、「今日これから××君と会ってくる」などと言う話は一向に出てこない。

こちらとしては、家に来られることを迷惑だとは思わない。だが、こんな歳の離れた人間と一緒にいるより、同世代の子供たちと遊んだ方がよっぽど楽しいのではないか。

行成の問いかけに、マサキの顔色が一気に曇る。

「……友達、いないんだ」

意外な回答に、行成は「えっ」と言葉を詰まらせた。

この子は別に鈍《どん》くさい感じでもなければ空気だってちゃんと読める方だし、小学生であればクラスのまとめ役になるタイプだと思っていた。確かに美少年然としていてやんちゃだった自分の小さい頃とは全く異なるし、少し変わったところもあるが、それでも友達がゼロというのは考えにくい。

「なんで？」と少し無神経かもしれないが聞いてみた。おそらく何か、理由があるに違いない。

「この前転校してきたばっかで、なんか、みんな話しかけづらくて……」

　言い訳をするように、小さな声で続ける。そういえば前にもちらっと「四月にこっちに来た」と聞いた気がした。

「じゃあ、学校のあとみんなで遊んだり……」

「しない。みんな、塾とか習い事で忙しいみたい。こっちに来る前は、結構遊んだりしてたんだけど……」

　行成は軽くため息をついた。

「そっか、なんだかもったいねーなぁ」

「……何が？」

「俺なんんか、お前ぐらいのとき、毎日学校行くのが楽しくてしょーがなかったけどな」

　思い起こしてみれば、あの頃が自分にとって一番幸せな時期だったかもしれない。仲の良い友達とふざけ合って、怒られて、大笑いして……。なんの悩みも不安もなくて、毎日がただひたすら輝いていた。

　親の都合とはいえ、そのような時代を奪われてしまったというのはいくらなんでも可哀想だ。……かと言って、自分にできることは何もないのだけれど。

「小学生だったら、昼休みに『一緒に遊ぼーぜ！』って言えばたいていどうにかなるんじゃねぇの？」

余計なお世話かと思いつつそう進言する。

マサキは「そうだね」と呟くと、「今日はお母さんが早く帰ってくるから」と言って行成の部屋から出ていった。


その次の日、ふと思いついたことにより行成は夏期休業中の大学へと赴いた。

ついでに就職活動で何か動きはないかと学生課を訪れる。が、特に手応えはなし。これは、と思うような外資系企業の会社説明会の案内もあったが、それは自分より一年卒業が遅い者に向けて発せられているものだった。

周回遅れになっているのでは、と気づかされた。しかし、最近では焦ってもしょうがないと妙に開き直ってきた。どのみち、このような大企業では自分のような者は採っていないだろう。

中庭が見える木陰のベンチに座り、ぼんやりと景色を眺める。芝生の広がる中庭では、まだ一、二年と思しき運動部の生徒たちが、ジャージ姿でストレッチなどをして体をほぐしている。

肘を突いてなんとなくその様子を見ていると、ポン、と肩を叩かれた。

「矢野」

振り向くと、入学以来の知り合いである遊佐《ゆさ》が佇んでいた。

行成と遊佐は同じ法学部だった。遊佐はもう卒業して就職したため、見るのも会うのも久しぶりだ。学籍番号が近かったのでお互いよく知っているが、遊佐には「やる気ねぇな」「そんなんだからダメなんだ」などことあるごとに嫌味を言われたので行成としては正直苦手な相手だった。

その遊佐が何故学校に……驚きを隠すことなく上擦《うわず》りながら返す。

「お、おう。なんでここに」

「……ちょっと、用事があって。矢野こそ、何してんだ」

「あー、俺もヤボ用。ちょっと一息入れてから帰ろうと思ってたとこ」

言いながら半年以上ぶりに見る元・同級生の姿を観察する。

学部時代は伊達《だて》男で鳴らした遊佐だが、髪は伸びっぱなしで頬は瘦《こ》けてやけにやつれて見えた。服もいつも最先端すぎない洗練されたものを身に着けていたのに、今日はよれよれのカッターシャツにスラックス、それに足下《あしもと》はゴム草履《ぞうり》という適当な格好である。声も表情も、服装と同じく張りがなく疲労感が滲んでいる。

何があったのかな、でもあんまり聞くのも悪いかな……と判断に揺れていると、遊佐の方から「ここで会ったが運の尽きだと思ってちょっと顔貸せ」と脅し半分に誘いをかけてきた。

「なんだよ。仕事の愚痴か？」

「……いいから、付き合えってんだよ」

別にこのあとはヒマだからいいけど。そんなに仲良くなかったのに、むしろ俺のこと嫌いじゃなかったか？　疑問に思いつつ肉の削げ落ちた薄い背中に尋ねる。

「もちろん、お前のおごりだよな？」

遊佐は前を向いたまま淡々と答えた。

「バーカ。俺もカツカツで金ねぇんだよ。ドリンクバーぐらいは出してやるけど食ったもんは自分で払え」

稼いでるくせにケチケチすんなよ。行成は思わず言いそうになってしまった文句を口の渇きの中に飲み込み、蒸し暑い大学構内を遊佐について出ていった。


結局連れて行かれたのは大学の近くの安いファミレスだった。窓際の席に向かい合って座ると、行成は一番安いリゾットを頼んだ。

しばらくして届けられたリゾットをふぅふぅ冷ましながら口へ運ぶ。遊佐は昼間だというのにワインを飲んでいた。

遊佐がワイングラスの細い脚を持ってゆっくりと回した。その薬指に細く光る装飾品があるのを見て、ふと思い出した。

「そういやお前の彼女って……」

「まだ続いているよ。お前みたいにちょこちょこ乗り換えたりしないからな」

そういうことが聞きたいんじゃない。しかも言われるほど多数の女子と付き合ってたわけでもない。だが食って掛かったら相手の思うツボだ。行成は一呼吸置いてから尋ねた。

「いや、小学校の臨時教諭だったよな。今のガキってどんなもん?」

たしかかつて一緒に出た飲み会で、交際中の女性についてそんなことを言っていた気がする。

「なんでそんなこと聞くんだ?」と尋ねられたので「近所に小学生の子供がいてよ。最近元気なさそうに見えるんだよ」と事実に近いことを答えた。

「うーん……、その子がいくつかにもよるけど」

「うん」

「俺の彼女は主に高学年教えてて……、やっぱ上の学年に行くほど難しくなってくるみたいだな」

上の学年――たしかあいつは六年生だ。遊佐の話が本当なら、最も大変な時期だろう。

「難しいって、接するのが？」

「そんな感じ。今は悩みを抱える子多いらしい。いじめとか、家庭の問題とか」

「へー。それって、頭のいい子でもなるの？」

「そういう出来はあんまり関係ないんじゃないか。いい子はいい子なりに、悪い子は悪い子の問題があるし。中には、プレッシャーで押しつぶされちゃって引きこもりになったりする子もいるって聞くな」

「プレッシャーねぇ……」

　ぼんやりとだが現状は把握できた。これ以上聞いて私生活に踏み込まれたりしたら面倒くさそうな相手なので、さっくりと話題を変える。

「そういえば、お前なんで学校来てたんだっけ？」

　その間に返ってきたのは意外な言葉だった。

「……俺、やっぱ大学院に行こうと思って。成績表取りに来た」

「えっ……、じゃあ、会社は」

「……もう、辞めてきた」

　せっかく就職したばかりじゃないか、と口を突いて出そうになった。

　遊佐は行成と違って優秀な学生だった。同じ大学に通っているが滑り止めで来ただけの遊佐と、浪人までして入った行成とでは学力の差は歴然としていた。遊佐は教授の覚えでたく、たしか推薦で大手の機械メーカーに就職してたはずだ。自分にとってはなんとも羨ましい環境だが、本人にとってはそうでもなかったらしい。嫉妬と似た劣等感に心中穏やかではいられない。

だが遊佐は淡々と続けた。

「俺、もともと司法試験受けようと思ってこの道選んだんだよ。で、諦めて会社入ったら、上司はイビってくるし周りやる気なくて仕事押しつけられるし。何年か経って『あのときやっぱ辞めときゃ』と後悔したって遅いと思ったからスパッと辞めた。今ならまだ、戻ってこられると思ったからな。これから、院試の勉強しつつバイトも探すつもり」

つまり、大雑把に約すると「周りの人間関係も仕事も肌に合わなかった」ということか。遊佐が甘いのか、それとも本当に上司らの質が悪いのかは不明だ。ただ、安定した道を捨てて己の能力に賭ける姿勢はちょっと格好いいと思うし、悩み抜いた末の決断だろうということはやつれきったその姿からも推測できる。……自分だったら会社生活に耐えたとは思うが。

「そういや矢野は就職どうなったんだ」

「……決まってたけど向こうの都合でナシになって、またイチからやりなおし」

「流行りの『内定取り消し』ってやつか」

「まぁな。ひでぇもんだよ。手紙一つでおしまいだからな」

自虐気味に行成がつぶやくと、遊佐は顔色一つ変えずに宣った。

「頑張れ、とか言わないからな」

予想外の言葉に「は？」と問い返してしまった。

「俺のほうがこれからもっと大変なんだからな。親にも教授にもどやされるし、院《ロー》いったところで司法試験受かるか分からんし。お前なんか外ヅラいいし適当にヘラヘラしてりゃどっかの企業が一つぐらい拾ってくれるよ。数撃ちゃ当たるって言うだろ」

言っている内容は尤もだが、言い方に棘がありすぎる。顔も頭も遊佐のほうがずっと良いのにどうしてそこまで敵愾心《てきがいしん》を顕わにされるのか全く分からない。行成は入学以来の疑問を遊佐にぶつけた。

「……お前、なんで俺にだけそんなにキツいのよ」

すると遊佐は、べぇ、と子供っぽく舌を出してから答えた。

「俺、『一見いい人っぽい奴』が大っ嫌いなんだよ。ホントはそこまで親切でもないくせに。あんまり適当にいい顔ばっかしてると、いつか取り返しのつかないことになるからな」

取り返しのつかないことってたとえば何だろう……。少しだけ考えてみたが、特に思い浮かばずリゾットの残りを掻き込むように平らげた。なんとなく居心地が悪くて、店を早く出たくなった。

次にマサキが自分の家へやってきたとき、いつもより少し元気がないように見えた。そういえばこの子はどんなに暑い日でもパーカーを着てくるなと思ったが、尋ねるよりも早く作業を始めてしまった。

マサキは部屋に来るなり金魚の入ったタッパーのところへ向かった。今は水酸化カリウムで透明化をしているところなのでなかなか変化が起こらないが、一応マサキは様子を確認しに二・三日ごとに家にやってくる。ここが一番時間のかかる過程で、大きい生物でやると数ヶ月かかることもあるらしい。

行成はうつむく小さな背中に後ろから近づいた。

「なぁ、これから何か用事ある？」

「特に、ない……けど」

マサキが口ごもるように答えた。

別に相変わらず友達との予定がないことを責めているわけではないのだが。

行成は場の緊張をほぐそうと、ニカッと笑った。

「またちょっと、外に出てみない？」

「えっ？」

「これ、借りてきたんだ」

足下《あしもと》に置いてあった紙袋に手を伸ばすと、中から少し年季の入ったグローブとボールを取り出した。この前大学に行って取ってきたものだ。

グローブをはめて拳を叩きつける。

「いいとこ見つけたからさ、キャッチボールでもしに行こうよ」

猛暑日が続いていたので、ファミレスに行ったきり外に連れ出すことはなかったが、たまには体を動かすのもいいかもしれない。

マサキが少し戸惑いながらも「うん」と返事をしたので、行成は靴箱から運動靴を取り出して、ふたりで一緒に部屋から出た。


高速道路の高架下、金網を張り巡らされた通称『鳥かご』の中に入る。

夏休み中だが日中のせいか他に人もいない。これも少子化の影響なのだろうか。

「まずはなんにも考えずに投げてみようぜ」

ぎこちなくグローブをはめたマサキが、行成に向かって腕をしならせた。

「あー、そうそう。結構上手い」

パシッと小気味良い音を立てて捕球すると、軽い力で対面へとボールを投げ返した。

正面じゃなくて、横向きながら投げてみろ、とアドバイスする。すると、力の入れ方が分からなくなったのか、マサキの指から離れたボールは行成の頭上を超えて遠くへと抜けてしまった。

駆け足でボールを追いかける。金網にバウンドしたところを捕まえて、元いた場所に走って戻った。

「結構やるじゃん」

そう褒めると、マサキは曖昧に笑った。まだ小学生なのに随分と大人びた顔をするものだ。

しかしこの子はなかなか筋がいい。コントロールはいまいちだが、フォームはきれいだし、捕球をした際にボールに力がある。

野球やったことある？　ううん。ルールもほとんど分かんない。

じゃあプロの試合とか見に行ったことない？　ない。テレビでも見たことない？

……田舎でチャンネルが少なかったから。

そんなやりとりをしつつ、今の子は娯楽が分散してるからそんなもんかな、と妙に寂しく思った。

時折頭上を大型車がゴーッと唸《うな》りながら駆け抜ける。その合間には、革と軟球の立てる軽い音だけが数秒おきに響いていた。

「ユキナリは、ずっと野球やってたの？」

「あぁ。高校までは朝も夜も野球。毎日毎日、そのことしか考えられなかったよ」

軽くステップを踏みながら、少し高めにボールを放る。

捕れないかな、と思ったがマサキは体の前できちんと捕球した。

「俺さぁ、左投げでしょ。左のピッチャーってあんまりいないから小さい頃は特に重《ちょう》宝《ほう》されてたんだよ」

過去を振り返りながら語り出す。こんな話、友人はおろか付き合った女の子にすら言わなかった。きっとこいつにも理解できないだろう。だけどそんな考えとは裏腹に、言葉は次々に溢れてくる。

「でも中学の頃はあんまり学校が強くなくて……。どこの高校からも推薦は貰えなくて、結局地元の公立高校行ったのね」

自分の出身の県は、プロチームの本拠地が在籍することもあって、近隣の県より野球が盛んな土地柄だった。高校時代のことがボールを投げるごとに強く蘇ってくる。

「甲子園出ようと思って、そんでもって行く行くはプロになりたくて死ぬほど練習したよ。県大会の、結構いいとこまで行ったんだぜ」

そこまで言うと、急に胸がじんとしびれた。未だに思い出すと平気ではいられない。

「だけど結局、私立の奴らには勝てなかった。あいつら、設備も選手層も段違いだもん」

県大会の準々決勝。一点リードで迎えた八回、ノーアウト一・三塁。替えのピッチャーはいない。迎えたバッターはプロのスカウトにも目を付けられている四番の強打者で、そこまでなんとか抑えていた。

ここを切り抜ければ、準決勝行きの切符を手に入れたも同然だ。頑張れ、いける。どくどくと沸き立つ体中の血を感じながら、そう自分を鼓舞《こぶ》した。

キャッチャーのサインを確認する。外に一球外したから、次は内角低め。

（あっ！）

手元が狂ってすっぽ抜けてしまった。高めに浮いたボールはど真ん中の絶好球。鮮烈な残像と共に、金属音が鳴り響いた。白いボールは雲一つない空に吸い込まれていく。そして場外へと消えて目で追うのは不可能になった。特大ホームランだ。

相手チームへの大歓声も耳に届かなかった。しばらくは息をするのも忘れていた。

――今思えば、あのとき、あの瞬間の直前が自分のピークだった。甲子園という夢の舞台が一番近づいていて、そして放物線と共にあっけなく途切れた。

悔しくて悔しくて、野球はやめてしまった。何件か来ていたらしい推薦はすべて断わった。試合も見なくなったし、後輩の練習にも顔を出さず、なるべく野球から距離を置いて過ごすようになった。

「大学では、何やってたの？」

「何って、専攻のこと？　法律だよ」

「じゃあ、弁護士さんとかになるつもりだったの？」

「うーん……、それもまぁ、考えたけど」

「うん」

「やっぱああいうのになれる奴って特別だよ。俺みたいな中途半端なのじゃ無理だ」

今まで練習に打ち込んでいた時間を受験勉強に替えたら、引退から一年半かかってまああの大学に受かることができた。もしかして野球に費やしていた時間は無駄だったんじゃないかとすら思った。

大学に入った当初は、それなりに勉強も真面目にしていた。だけど記憶力も議論の組み立ても、優秀な学生には到底及ばない。気がつくと、あれだけ頑張って入ったはずの学校なのに、サボりがちになっていた。

勉強にしろ恋愛にしろ、本当に夢中になれることなんて、何一つ見つからなかった。

それなのに、体は何年経っても覚えている。グローブに白球が吸い込まれる音の心地良さや、ボールをリリースするときの全身の神経が指先に集まる感じ。

（こだわってたのは、俺の方かもしれないな）

手の中のボールに目を落とす。硬球よりも大きくて軟らかいが、きっとバットで思いっきり振り抜いたら、笑っちゃうぐらい気持ち良く飛んでいくだろう。

「ユキナリ、こっち！」

あの日、見えなくなった白いボールは、今どの辺を転がっているのだろうか。泥にまみれて、ボロボロになって、誰にも見向かれず朽《く》ち果てているだろうか。それとも、案外どこかの男の子に拾われて、大切な遊び道具として使われているのかもしれない。

行成は金網ギリギリいっぱいまで後ろにダッシュすると、持てる限りの力でボールを強く放った。


キャッチボールを始めて一時間ほど経ったところで、行成は水分補給がてらに呟いた。

「疲れたな」

「こんなんでバテるなんて、おじさんだねー」

ニヤニヤしながら言う子供に、行成は大人げなくムッとした。

「お前がノーコンだからだよ」

昔から、筋力や敏捷性《びんしょう》はあるものの、暑さにだけは弱かった。それにここ五年ほどまともに体を動かさず不摂生《ふせっせい》ばかりしていたのだから、すぐへばってしまうのも無理はない。

せっかく外に出たのだから、と帰り際に商店街へ立ち寄った。書店で予約していた雑誌を受け取り店内を探すと、マサキは読んでいた本を慌てて本棚へ戻した。

「何読んでたんだ？」

「う、うん。なんでもない」

足早に離れたものの、行成には戻された本がなんだったのかはすぐに分かった。それは、中学受験の難易度を示した電話帳サイズの便覧だった。

（ふーん……、そうね……）

そうしてアパートに戻る頃には日が西に傾いていて、糸が切れてしまったのか、マサキは本を読んでる途中で部屋の隅で眠り込んでしまった。

「お前、そんなとこで寝てると風邪引くぞ」

「うーん……」

返事はするものの、動く気配はない。仕方なく行成は、寝息を立てる小さな体に薄手のブランケットを掛けてやった。

しかし変な一日だった。友達がいない子供の気分転換のため外へ連れ出したけれど、結局楽しんでいたのは自分の方だったかもしれない（キャッチボールを選んだのは、他に遊びを知らないからだ）。

こいつにも随分懐《なつ》かれたものだと思う。生意気な口を利くようにもなったし。犬を捕まえて送ったときは、もう二度と会わないものだと思っていたが。

細い首、流れる糸のような髪、すべすべの肌、長い睫毛。にっこり笑うと八重歯が覗く。今は中性的でどちらかというと「かわいい」顔ではあるが、ここから子供っぽい雰囲気を抜いたらどんな男になるのだろう。おそらく、人の噂に上るような色男になっていることだろう。

この子は、今は友達がいないからこうやって自分のところに来ているが、そのうちきっと、見た目も育ちも申し分ない、自分に見合った相手を見つけるときが来るはずだ。

自分は、獣医にも、野球選手にも、弁護士にもなれなかった。だけれど、こいつは違う。利発で、素直で、見た目も良い。これから輝かしい将来がいくらでも待っているし、このまま成長したらどんな大物になっているか分からない。こんな子が、十年後もこうして歳の離れた友達として、自分を慕っていてくれるだろうか。

その答えは、時間を待たずともすでに出ている気がした。

「それじゃ、いよいよ最後の置換だな」

手順書と金魚の入ったタッパーを見比べながら、行成は言い放った。

透明骨格標本作りも終盤に入り、今日は水酸化カリウム溶液からグリセリンへの置換にとりかかる。

赤と黒だった金魚も今ではすっかり色が抜け落ちて、どちらも体が紫色に透き通っていた。

マサキは料理用の電子スケールにビーカーをのせ、正確にグリセリンを計量してからタッパーの中へと入れる。

ここから、二〜三時間おきにだんだんとグリセリンの濃度を高くしていく。水酸化カリウムが肌に付かないよう、慎重に作業した。

「よし、これで一旦休憩だな」

ここまで来るのに意外に時間がかかった。当初は出来上がるまで一ヶ月弱と予測していたが、終業式の日から始めて、すでに長い夏休みの最終週になっている。

外では相変わらず蝉がやかましく鳴いている。けれどふと空を見上げれば、最近妙に日が短くなったな、と気がつく。

　次の置換作業まで約二時間。外に出る時間もない。行成がテーブルの前に腰を下ろしてノートパソコンを開くと、マサキもその斜め向かいに座り、持ってきた問題集を開いた。

　大人しく勉強をしていたマサキだが、二十分ほど経ったところで、あーあ、と大きくため息をついてテーブル上に突っ伏した。

「あー、もうすぐ二学期かぁ」

　心配になったが、わざと軽い調子で尋ねる。

「どうした、すげぇ嫌そうじゃん」

「うーん……なんか、また学校始まると思うと、気が重くって」

「やっぱお前、友達少ないこと気にしてんの？」

　そう言うと、マサキは俯いて黙ってしまった。図星だったらしい。

　行成はくっと目を細めると、パソコンの画面から視線を外してマサキに向き直った。

「この前言ったことさぁ」

　マサキが顔を上げて「どれ？」と聞き返してきた。

「昼休みに声かければ友達なんてどうにかなるとかそんなの。……あれ、やっぱ俺が間違ってたかも」

「えっ……」

「俺の頃はそうだったけど、今の子はいろいろあるから、そう簡単に行かないかもしれないな」

行成は先日遊佐が語っていたことを思い出していた。「上の学年になるほど難しい」と。「いい子だって問題を抱えることもある」と。

だからこの子が上手く周りに馴染めなかったとしても、本人が悪いわけじゃないのだ。自分の小さい頃は、偶然意地悪な人間がいなかっただけかもしれないのだから。

意見を翻した行成に、マサキは戸惑いながらも面目なさそうに顔を赤らめた。

「でも……、頑張ってみるよ」

行成は思わず吹き出してしまった。

「ははっ」

何を笑われているのか分からないのか、マサキは釈然としない様子で首を傾げた。

「なんで笑うの」

「……お前、ホントにいいヤツだよな」

苦手なことなら敢《あ》えて立ち向かわずに逃げてもいいのに、期待に応えようと努力をする。

そんな自分にはない「純粋さ」を幼いと思う半面、いつまでも持っていてほしいと願ってしまう。

「少なくとも俺はお前のこと友達だと思ってるし、俺は好きだよ、お前のこと」

多少クサい台詞《せりふ》だとは承知していたが、しょげている子供を立ち直らせるにはこれぐらい言ってやってもいいはずだ。

言われた本人はというと、案の定耳まで真っ赤になってしまった。

「友達なのに好きって変なの」

素直に「ありがとう」と言えないのも若さ故《ゆえ》か。そう思えば腹も立たない。

行成はテーブルの向かいへ手を伸ばすと、その細い背中をポンポンと二度叩いた。

「変かな。でもまぁ、大丈夫だって。お前ならきっとできる」

長い睫毛が伏せられる。照れている横顔も可愛らしい。きっとこいつは、思っていたよりも母性本能をくすぐるタイプじゃないだろうか。

同い年だったらちょっと可愛すぎて妬《ねた》んでたかもしれないな、などと変なことを想像した。


その後の真咲は、ふわふわと覚束《おぼつか》ない心と必死に戦いながらも、必死で問題集を解いているふりをした。

三回目の置換をしているところで、外からチャイムの音が聞こえた。午後六時だ。今日は母親が普通番の日だから、もうそろそろ帰らなくてはいけない。

「あとは明日になったら防腐剤入れて終わりだな」

感慨深げに行成がため息をついた。「明日瓶を必ず持ってこいよ」と付け加えたので、真咲は手のひらに『びん』とマジックで大きく書いた。

真咲は後片づけをしながら、はるか頭上にある行成の顔を見上げた。

「ユキナリ、標本作りはもう終わりそうだけどさ」

きっと、明日になってしまっては言えない。だから、今のうちに告げておきたい。

「これからも、遊びに来ていい？」

ドキドキと胸が高鳴る。行成が次の言葉を口にするまでの時間が、とてつもなく長いもののように感じられた。

すると行成は、きょとんとした顔で真咲を見つめ返した。

「なんで？」

「なんでって……」

そう聞かれてもうまく言葉が出てこない。

やはり迷惑だったんだろうか。がっくりと肩を落としそうになったそのとき、行成は凝《こ》った肩をほぐすように回しながら子供のように破顔した。

「ダメとか言うわけねーだろ」

絶望の淵《ふち》に立たされていたのが、急に引き戻されるように心が舞い上がっていく。

「なんで」の後に続くのは「わざわざそんなこと聞くの」という言葉だったらしい。

何故だか急に行成の顔を見るのが恥ずかしくなる。俯きながら真咲は「そ、そっか」とだけ小声で言った。

それから真咲は何かに追い立てられるようにして、早足で行成のアパートを後にした。

家までの道のりを急ぐ。吹く風は涼しくなってきてるのに、顔の赤みがなかなか取れない。

『俺は好きだよ、お前のこと』

半ば駆けるように歩きながら、彼の言葉を反芻《はんすう》する。思わず憎まれ口で応じてしまったが、本当はものすごく嬉しかった。

(好き、だって)

たった二文字の言葉の響きだけで、初めて彼と出会ったときからくすぶっていた感情がなんなのか、説明がついてしまう気がした。

彼が笑うとうれしい、近くに寄られるとドキドキする、泣いていると思ったときは代わってあげたいと願った……。ずっと見て見ないふりをしてきたけれど、彼と一緒にいるときはいつもこんなことを考えていた。

（好き）

心の中で呟いてみる。すると、今まで抑えつけられていた気持ちが、押し寄せる波となって溢れ出した。

（自分も、ユキナリのことが好きだ）

しかし真咲は、彼の「好き」と自分の「好き」は全く違う種類のものであることも、はっきりと感じ取っていた。

クラスメイト

「明日から学校なんだから、今日は早く寝なさい」

夏休みの最終日の夜、一階のリビングルームでテレビをなんとなく見ていた真咲に、母親が気怠そうに忠告した。「はぁい」と聞き分けよく返事をし、階段を上って二階の自室のドアを開ける。

机の上には、ガラス瓶の中にぽっかりと浮かんだ透明の魚が置いてあった。この夏休みをかけて完成させた金魚の透明骨格標本だ。明日、これも学校に持っていく。宿題のひとつの「自由研究」として。他にやりたいテーマも思い浮かばなかったし、ギリギリに完成してよかった、と真咲は瓶をじっと眺めた。

見る角度を変えると、濃く染まっている部分とそうでない部分が折り重なって色合いが変わる。眺めているだけで不思議な気分に囚《とら》われるのは、見た目が美しいからだけじゃない。

真咲の脳裏に、一つ一つの行程がよぎる。そしてその度に、すぐ横にいてアドバイスをくれたあの人の声も笑顔も。

『大丈夫だって』

明日からまた学校が始まるのは不安だ。でも自分は、きっと何があっても頑張れる。そんな気がした。

深い眠りに落ちているうちに日が変わって、朝が訪れた。カレンダー上ではすでに秋と言っていいはずなのに、青く晴れた空には相変わらず元気な太陽がぎらぎらと輝いていた。

二学期の始まりだ。夏休みの宿題や自由研究、体操服などいろいろと両手にぶら下げながら学校へ向かう。昇降口に着き上履きに履き替えようとしたところで、真咲は同じクラスの女子に声を掛けられた。

「おはよ」

振り返るとそこにいたのはクラスのリーダー格の関根《せきね》瑠奈《るな》だった。あまり彼女に快《こころよ》く思われていないことを知っている真咲は、ぎこちない笑顔と共に挨拶を返した。

「お、おはよう」

瑠奈は一段低いところで立ったまま、真咲のことを腕を組んで見ている。

真咲と瑠奈は「鴫原《しぎはら》」と「関根」で出席番号が近い。下駄箱は出席番号順に並んでいて瑠奈のは真咲の三つ下なので、瑠奈は下駄箱の前に荷物を拡げて陣取っている真咲のことが邪魔なようだ。

早くどいてよ、という無言の圧力を感じる。しかし焦れば焦るほどもたついて、下足のスニーカーを落としたり、上履きを取ろうとして立てかけてあったポスター入りの筒を倒してしまったり、みっともない姿をさらしてしまった。

ようやく上履きを履いて場所を空けると、瑠奈が笑いもせずに呟いた。

「ずいぶん荷物が多いんだね」

もしかして嫌味だろうか。登校初日だしあれもこれも、と用意しているうちに持ち物が膨れ上がってしまった。言われてみれば防災ずきんなんかは今日使うとは限らないのだから、明日以降でも別に良かったのかもしれない。

ごめん、と謝ろうとした言葉は、後方から聞こえた「瑠奈ー！　久しぶり！」という声によって掻き消された。

真咲もつられて振り向くと、瑠奈を取り巻いているクラスメイトのひとりが、瑠奈の方だけを向いて笑っていた。

「おはよう、何やってんの」

「あ、エノ。相変わらず元気だね」

「元気じゃないよー」と瑠奈が言うとふたりは話をしながら先に階段の方へと行ってしまった。

残された真咲は大量の荷物を手にすると、重い足取りでその場を離れた。まだ新学期も始まったばかりなのに、早くも微妙な気分になっている。少し「頑張ってみよう」と前向きになっていた思いは、あっさりと出端を挫《くじ》かれてしまった。

教室に着くと、皆の日焼けした休み前より顔が少し大人びて見えた。それぞれおみやげを交換したり、夏休み中にあった出来事を語り合ったりではしゃいでいたが、その輪の中にも加われず、真咲はぼんやりと窓の外を眺めるしかなかった。

その日は始業式のあと、教室に戻って夏休みの宿題の提出が行われた。

教科ごとの問題集、読書感想文、日記などは教室の前に置かれた教卓に、自由研究は教室の後ろにあるランドセル入れの上に並べるよう指示をされた。

自由研究は「研究」と名がついているものの「何を作ってもいい」ということになっているので、工作キットで作ったと思われるラジコンロボから、明らかにやっつけで済ませたような粘土細工、細かい作業が得意な女子などは一メートル四方にも及ぶ大作のパッチワークを持ってきていた。

真咲は自作の骨格標本を、わざと隅っこに置いた。目立ちたくないという理由もあったが、それよりもヘタに触られて壊されたくないという気持ちが強かった。

（ごめんね、しばらくここにいてね）

先生による自由研究の評価が済むまで、学校に置いておかなくてはならない。真咲は帰りの会が終わって皆が帰ったあと、もういちど教室に戻って「こんぶとうめぼし」

の標本にさよならを告げてから、学校を後にした。

次の日——

朝から雨が降っていた。昼休みは外で遊べず鬱憤が溜まっているのか、教室の後ろで男子たちがぎゃあぎゃあと騒ぎ始めた。

日直の真咲は黒板を消していた。騒々しいと思ったが、注意するほど仲良くもない。そのうちプロレスごっこにも飽きた男子児童たちは、教室の後ろに並べられた自由研究を弄《いじ》り出した。

お前のは手抜きだ、そっちこそ父親に手伝ってもらったんだろう、そんな会話が聞こえてくる。

「なんだこれ、気持ち悪りぃ」

そう言ったのは天久昴《あめくすばる》という男子だった。

天久は体は小柄で目が大きく、小動物のような可愛らしい見た目だ。しかし中身は気が強くて手が早く、やれ女子を泣かせただの、学校の規則を破って危険な場所で遊んでいただの、たびたびもめ事を起こすので先生たちも頭を悩ませているようだった。

真咲としても天久は授業妨害をするので苦手にしている。ただ、教室の隅にいる真咲と、良くも悪くもクラスの中心となっている天久では、ほとんど関わることもない。なるべく距離を置いていれば、直接迷惑を被ることは今までなかった。

「オバケだ、オバケ。魚のオバケだよ」

気になる言葉が聞こえて、耳がぴくりと動いた。

慌てて振り返る。すると天久とその友達二、三人が、真咲の標本を手に取って、気味悪そうに眺めていた。

「うげぇ、チョーグロい」

「さわんな、さわんな。呪われるぞ」

やめろ、乱暴に扱うな、そう叫びたくなった。

けれど、そんなふうに食って掛かったらやつらがますます調子に乗るか、引かれていっそう孤立してしまうかどっちかだ。

煮えくり返る心をなんとか宥《なだ》めつつ、真咲は再び黒板に向き直った。

と、そのときだ。

(がしゃん!)

何かが割れる音と共に、教室が静まり返った。

嫌な予感がする。恐る恐る振り返ると、教室の床にどろりとした液体が水たまりを作っていた。

　ふらふらとした足取りで、教室の後ろへ移動する。水たまりに近づいてみてみると、浮いているのは……かつてこんぶとうめぼしと名付けていた金魚の標本だ。床に落とした衝撃か、骨がところどころひしゃげてしまっていた。

　ぷつん、と何かが切れた音がした。いや、実際にはしていなかったかもしれない。でも真咲には聞こえていた。

「これやったの、だれ……」

　真咲のただならぬ剣幕に、遠巻きに見ていた男子があいつ、と天久を指さした。

　真咲は天久に近づくと、低い声で言った。

「ちょっとあんた、何やってんだよ……！」

　この標本は、ひとりで作ったものじゃない。

（ユキナリが……、せっかくいっしょうけんめい教えてくれたのに‼）

　行成が、夏休みの間ずっと標本作りを手伝ってくれた。「ヒマだから構わない」などと言っていたけれど、赤の他人の子供の相手をするのは面倒くさいときもあっただろう。それなのに、そんな顔は一度たりとも見せなかった。

　だから自分も、その気持ちに応えようと頑張った。そうして完成した標本は、ふたりで協力して作った絆の証だった。

それが、全く関係のない人間によりぐちゃぐちゃにされてしまった。行成の気持ちまで踏みにじってしまった気分だ。

「謝れよ！」

怒りに顔を紅潮させながら、悲痛な想いで叫ぶ。

天久は一瞬怯《ひる》んだのか顔をしかめたが、すぐに口の端をつり上げて、人を小馬鹿にした調子で鼻を鳴らした。

「謝ってどうにかなんのかよ。はいはい、すみませんでした」

カッと顔が熱くなる。

「ふざけんな！」

悔しくて悔しくて、手に持っていた黒板消しを投げつけた。

避けきれなかった天久が粉まみれになる。「ぶはっ」と大きく咳き込むと、涙目になりながらも真咲に詰め寄ってきた。

屈辱に顔が歪んでいる。

「お前……、前から生意気なんだよ！」

「はぁ⁉」

「田舎モンのくせに、スカしてんじゃねーよ！」

ドン、と体を跳ねつけられる。壁に当たり、真咲の体は大きく跳ねた。「きゃあ！」

とクラスの女子の悲鳴が聞こえた。

が、そんなことで怖《お》じ気《け》づくほど真咲の怒りは小さいものではなかった。体勢を立て直すと、天久に詰め寄り首根っこを引っ掴んで締め上げた。

「謝れって言っててんだろーが‼」


六年二組の担任である女性教師は、そのとき職員室でお茶を飲みつつ休憩していた。

(あら、何かしら?)

遠くから怒号のような響きが聞こえた気がした。しかし、今は昼休み中である。大方、どこかの児童がふざけて大声を出しただけだろう。

あと三分、もう少しだけ休んでから次の授業の用意をしよう、と再び椅子に寄りかかったとき、ガラっと職員室のドアが開いて、担任しているクラスの女子児童が血相を変えて駆け込んできた。

「先生、真咲ちゃんと天久くんが……!」

なんなの、とその女子に付いて急ぎ足で教室に戻る。

するとそこには、目を疑いたくなる光景が広がっていた。

「死ねよバカ！　お前みてーなのは目障りなんだよ！」

「うっせーよチビ！　お前こそどっか行っちまえよ！」

転入生の鳴原真咲が、悪ガキの天久昴と取っ組み合いのケンカをしている。周りは「そこだ、いけ！」などと囃《はや》し立てて、止める気配もない。

「こらっ！　やめなさいふたりとも！」

一喝《いっかつ》すると、それまで騒がしかった教室の中がシン……と静まり返った。

真咲と天久を無理矢理引きはがすと、「ちょっとふたりとも、職員室に来なさい」と低い声で命令した。


「……とりあえず」

そう呟くと、担任教師は心底煩《わずら》わしそうにため息をついた。

職員室の壁際にふたり、天久と並んで立たされている。お互いどんな表情をしているのか分からない。顔も見たくない。

「ふたりとも親御さんのところに連絡が行くかもしれないから、覚悟しておいてね」

担任としては脅し文句のつもりなのだろうが、今さらこのことを母親が知ったからといってどうなるのだろうか。自分はもともと母親にあまり好かれていない。現時点以上に自分の評価が下がることはない気がする。

口の中で鉄の味がする。さっきケンカをしたときにどこかを切ったのかもしれない。

担任は回転椅子に座ったたままぐるりと天久の方へ向いて、「教室の中で暴れるな」「ガラス瓶を投げるような危険なマネはするな」などと通り一遍《いっぺん》の言葉で叱った。

午後の授業が始まってるからもう行け、と天久を追い返す。天久が職員室から出て行ったのを見計らってから、軽蔑《けいべつ》と落胆を綯《な》い交ぜにしたような目で真咲を見た。

「真咲ちゃん、あなた受験前だってのにこんなモメごと起こして……」

内申に響くかもしれないわよ、と担任が付け加える。が、別にそんなこと、今はどうだっていい。

何も言わずうつむく真咲に、担任は聞こえよがしに言い放った。

「……もっと頭のいい子だと思ってたのに」

反射的にぎゅっと唇を噛みしめる。「もう行きなさい」と言われたので、真咲は下を向いたまま、担任に背を向けて職員室を後にした。

そして長い廊下をふらつきながら歩いて教室に戻る。今の時間は音楽室での授業をやっているためか、教室には誰もいなかった。

バラバラになった標本は、ビーカーの中の水に浸けられて、教室の後ろに置いてあった。

『謝ってどうにかなんのかよ』

『もっと頭のいい子だと思ってたのに』

心に大きく開いた穴から、悲しみが溢れ出してくる。

（ユキナリ、ごめん――）

背は高いくせに、無邪気で子供っぽい彼の笑顔。自分みたいな者を、彼はあんなに可愛がってくれたのに、一歩外に出れば自分はそんな価値などこれっぽっちもない人間なんだと思い知らされる。

そんなにいけないことなのだろうか。大切な人と、時間をかけて作った世界で唯一のもの。それを壊されて怒る自分は、そんなに間違っているんだろうか。

みんな、いなくなってしまえばいいのに。天久くんも、先生も、自分を笑っていたクラスの人たちも、みんな――

ビーカーを見つめ続ける。そんなことしたって元に戻るわけじゃないのに、足が張り付いて動けなかった。

「っ……」

開け放した教室の扉のところで、誰かが息を呑んだ音がした。

その人物は教室に入ってくると、すぐ近くまで来て立ち止まった。誰だろう、と振り返る。そこにいたのは自分より先に職員室から出て行ったはずの天久だった。

その無駄に潤んだ視線を向けられているだけで怒りが渦巻いてくる。立ち去ろうとしたとき、焦りを帯びた声で呼び止められた。

「おい鳴原！」

無視しようとしたが肩を掴まれた。小柄な体に似合わず強い力で体の向きを変えられると、やけに神妙な口調で尋ねてきた。

「鳴原、それってそんなに大事なものだったのか」

真咲は答えない。何か一つでも言葉を発したら、心も体も粉々に壊れてしまいそうだった。


放課後になると、雨はすっかり上がっていた。

グラウンドではどろどろになりながらサッカー部が練習している。真咲は彼らに気づかれないように、金魚の亡骸《なきがら》を校庭の隅に埋めた。

爪に入ってしまった土を流水でよく洗う。金魚は手厚く葬《ほうむ》ってやったけど、だからといって気持ちに踏ん切りがつくわけでもなかった。

普段であれば、学校が終わったあとは地区の図書館に寄って受験勉強などをするのだけれど、今日はもう何もする気が起きない。早く帰りたい。

顔見知りに会わないようわざと裏道を選んで歩いていると、電柱の陰に小さな女の子がうずくまっていることに気づいた。

（どうしたんだろう？）

赤いランドセルに掛けられた黄色いカバー。同じ小学校の一年生だろう。どこか体調が悪いのか、しゃがみ込んだまま微動だにしない。

少しは気になったが、今日の真咲は疲れていた。気づかないふりをして電柱を通り過ぎたそのときだった。

『お前、ホントにいいヤツだよな』

行成の言葉が頭の中に甦る。ここでもし何もしなかったら、自分は行成の期待をまた裏切ってしまうことになる。

真咲はため息をつくと、元来た道を引き返して、女の子に声を掛けた。

「どうしたの」

すると女の子は、ビクッと顔を上げて「あー……」と呻《うめ》いた。

もじもじと足をすり合わせている。穿《は》いていた灰色のズボンはところどころ濡れて変色していて、お尻の下には小さい水たまりができていた。

（もらしちゃったのか……）

小学生では珍しいことだが、なくはない。ただこれくらいの歳になれば恥ずかしさも覚え始めている頃だろうから、あまり刺激してはいけない。

真咲は怖がらせないように精一杯声を和らげて言った。

「大変だったね」

女の子の目が涙でいっぱいになった。もしかしたらずっと助けてくれる人を待っていたのかもしれない。

「お姉ちゃんが誰か来たら隠してあげるから、おうちに帰ろう」

真咲が言うと、女の子が不思議そうに首を傾げた。

「おねーちゃん？　おにーちゃんじゃないの？」

例によって男の子にも見えるような格好をしていたから、また勘違いされてしまった。

「うん。そうだよ」

苦笑いをしてそう答えると、女の子はまだ疑ってるかのか「ホントに？」と眉をひそめた。

ゆっくりと立ち上がったので、女の子を壁際に隠しながら、のんびりとしたスピードで歩いた。

なんて名前なの？　きらら。へぇ、かわいい名前だね。

そう言うときららは相当嬉しかったらしく、真咲に向かって「きららねぇ、なつ休みのあいだににじてんしゃのれるようになったの」「きらら、お兄ちゃんが大すきなんだけど、がっこうであうといつもいじわるなの。なんでかなぁ？」などと話し出した。

さっきまで泣きそうだったのに、もうニコニコと笑っている。そんな表情を見ながら、「誰かに似てるなぁ」と思ったが、それが誰なのかは分からなかった。

十分ほど歩いたところで、きららが「あ、あそこおうち」と指をさした。

指し示す先にあったのは、民家ではなくシャッターの閉まっている大きめの倉庫だった。この辺りは一軒家の建ち並ぶ真咲の家の周辺とは違い、国道が近く数軒おきに町工場が点在している。きららの家も看板こそ掲げていないものの、そういった稼業を営んでいるのかもしれない。

「ここ？」

「うん！」

ここまでの道のり、幸い人通りも少なく、たまにすれ違う人もきららの様子がおかしいことに気づいた様子はなかった。

シャッターの前まで来ると、じゃあね、と言って別れた。狭い門の中できららは、真咲の姿が見えなくなるまで手を振っていた。

さて、と真咲は足を止める。きららと喋るのに夢中になってしまって、どっちに行ったらいいのか全く分からなくなってしまった。

なるべく短い距離で帰りたい。この辺の道に馴染みはないが、あっちが西だからこっちの方面だろう、と適当に当たりをつけて歩き出そうとした。

そのとき――

「鳴原！」

呼び止められて再び立ち止まる。振り返ると、道の向こうから自分の元に駆け込んでくる人の影が見えた。

天久昴だ。なんで自分がここにいることが分かったのだろう。驚きを隠せずにいると、天久は真咲にぶつかる寸前でストップし、息を切らしながら真咲のことを見上げた。

「……お前だろ、きららのこと、送ってくれたのって」

（きららって……）

頷くこともできずに呆然とする真咲を、天久は「ちょっといいか」と促した。本当は日が暮れる前に家に戻りたかったが、断り切れず仕方なく近くの公園へ向かい、ベンチで一緒に座り込んだ。

きららと同い年ぐらいの子たちがブランコを漕いで競争をしている。その奥には、赤く染まった夕焼けが見えた。

誘ったくせに彼は自分からは何も言葉を発しない。耐えきれず真咲は、こちらから切り出した。

「……なんで分かったの」

きららに名前は言ってないはずだし、自分は転入してきたばかりだから以前から顔を知っていたとも考えにくい。

真咲の問いに、天久は表情一つ変えず答えた。

「きららが、『男の子みたいなおねーちゃんが送ってくれた』って言ってたから」

そして再び黙り込む。改めて見てみれば鼻の形も濃いめの睫毛《まつげ》と眉毛も、きららと天久はそっくりだ。何故兄妹だと気がつかなかったのだろう、と自分の迂闊《うかつ》さに唖然とした。

この男子は呼び出しておいて一体何がしたいのか。ケンカの続きなら御免だ。

「やっぱ帰る」と腰を上げようとしたとき、

「……きららが、迷惑かけて、悪かったな」

彼は意外に低い声でそう呟いた。

「いや、別に……」

謙遜でもなんでもなくそう答える。行成が初めて会ったとき自分にしてくれたこと、それを自分も他の人にやったまでだ。

声を掛けたとき、きららは心細さに目を潤ませていた。あの様子を見たら、誰だって放っておけないのではないだろうか。

「ホントに、これぐらいなんでもないからさ」

「……ん」

「妹さんのこと叱らないでおいてほしいんだ」

天久が驚いたような顔で真咲を見た。真咲は構わずに続ける。

「本人も、辛いと思うから」

きっとあれぐらいの歳の子だったら、ちゃんと反省もできているし後悔もしてるはずだ。

特に兄である天久のことは「大好き」とまで言っていた。そのような人物になじられたら、いくらなんでもいたたまれないだろう。

「あぁ、分かった……」

天久が頼みを聞き入れたので、真咲はホッと胸を撫で下ろした。

「んじゃ」

「ちょっと待て、鴫原」

再び立ち上がりかけた真咲の手を、天久が掴んだ。

ぎょっとして振り返る。

「このこと、みんなには言わないでくれよ」

必死な声の響きに、真咲は思わず息を呑んだ。

天久が気まずそうに俯《うつむ》く。しかし一旦《いったん》話し始めると、彼は堰を切って続けた。

「あいつさ、あんなふうに鈍くさいから、学校でも友達あんまりいないみたいで」

「お前と違って、作ろうとはしてるみたいなんだけどさ」と情けなく笑いながら続ける。

別に作ろうとしてないわけじゃないんだけど……と思ったが、反論する雰囲気でもなかったので心の中にしまいこんだ。

「こんなことがあったって知れたら、ますます遠のいちゃうと思うんだ」

天久は天久なりに妹のことを案じているらしい。確かに彼にしてみれば、自分に恨みがある真咲に弱みを握られてしまって、言いふらされないか不安で仕方がないのだろう。きららとは学年が違うとはいえ、そんなに大きくない学校だから、噂を広めようとすれば簡単にできる。

だけど――

「……言わないよ。ていうか、言う相手がいないし」

天久本人のことは憎いが、その妹には関係がない。それに、自分は人の悪口を言って他人の足を引っ張るほど最低な人間ではない。

真咲の断言に、天久は少しはにかみながら笑った。

「……ありがとう」

握られっぱなしだった手が離れていく。その手を開いた膝の上に乗せると、天久は勢い良く頭を下げた。

「あと、さっきはごめん」

素直な謝罪をされて真咲は戸惑った。

本音を言えば、まだ天久のしたことは許せない。けれどここでまた怒りを再燃させたところで、標本は元には戻らない。できればもう忘れてしまいたい。

それに、自分は『友達ができるよう頑張る』と行成に誓った。天久は男子で、あまり仲良くなれそうにはないが、これでも一応クラスの仲間なのだ。

堪えろ、と自分に言い聞かせ、真咲は口を開いた。

「いやまぁ……、終わったことだし」

それだけ言うと、真咲は踵《きびす》を返して公園を出て行こうとした。

その背中に、また声が掛けられる。

「鴫原」

今度はなんだと振り返る。すると、天久はベンチのところに立って、こちらに向かって高く手を掲げて振っていた。

「また明日」

「うん」

控えめに手を振り返す。夕陽が逆光になって、天久の表情までは見えなかった。


一週間ぶりに行成のアパートを訪れると、少しの間帰省していた行成からおみやげを渡された。よくあるチョコのお菓子の、地域限定版だ。

お腹が空いていたのでさっそくそれを開けて食べた。「うちのかーちゃん、相変わらず元気だった」などと彼の実家であったあれこれを一通り聞いたあと、ばつの悪い思いで学校での出来事を告げた。

「あー、何？　アレだめにしちゃったって？」

「うん。夏休みの自由研究としてあれ持ってって教室に置いといたら、クラスの男子がふざけて割っちゃって……」

言い訳がましくそう付け加えると、行成はあんぐりと口を開けて真咲の顔をまじまじと見つめた。

「それでお前落ち込んでたの」

「ごめん、ユキナリ。せっかく協力してもらったのに……」

手をついて頭を下げる。顔を見るのが怖い。せっかくの厚意をないがしろにしてしまった自分は、軽蔑されても仕方がないのかもしれない。

するると耳に聞こえてきたのは、いつもどおりの軽い口調だった。

「ま、それはいいけどさ、お前も相手の子も、怪我とかしなかった？」

顔を上げて首を振る。目の前の人が全く怒っていないことに安心し、また少し虚を突かれた。

「じゃ、まぁいいだろ。また機会があったら作ればいいよ」

あの金魚は帰ってこないけどさ、と言い添えて行成が笑う。

また の機会……、それっていつになるんだろうか。そして、彼にとってあの夏の日々は、そこまで簡単に替えが利くほど、軽いものだったのだろうか。

（だけど……、まぁいっか）

標本よりも自分の身を心配してくれたことは嬉しい。今まで誰も、優しい言葉を掛けてくれる人はいなかった。

……もしかしたら、本当にあそこまで怒るようなことでもなかったのかもしれない。

割れた瓶で怪我はしなかったけれど、ケンカして多少の傷は負ったし、相手にも負わせてしまった。

真咲は今さらながら、「天久くん、ごめん」と心の中で謝った。

「それよりさ、お前今月末ちょっと時間取れる？　夕方からなんだけど」

突然の申し出に「えっ」と言葉を詰まらせる。

夕方から……。日にちにもよるが、母親が遅番で深夜近くまで働いている日が週に一回はある。これに当たれば夕方から出てくることも可能だ。

しかし何故そんなことを聞いてくるのだろう。「なんで？」と尋ねると、彼は頭を掻きながら「あー」と言葉を濁らせた。

「いや、お前『野球の試合見たことない』って言ってたじゃん」

「うん」

「今度さ、連れてってやろうかと思って。やっぱお母さんダメって言うかな」

（ユキナリと……、一緒に⁉）

真咲は急に瞳を輝かせ、行成の腕を強く掴んで揺さぶった。

「えー！　行きたい！　行く！　いつ？」

「ちょっと待て……、まだ調べてないから分かんないけどさ」

先ほどまでとは打って変わってはしゃぎだした真咲に、行成は目を細めて苦笑した。

「お前……、そんなに見てみたかったんだ」

「うん！」

勢い良く答える。言ったあとで真咲はふと気がついた。

（でも、お母さんにはなんて言おう……）

遅番なら外出しても多分バレないけれど。もしも、のこともあるから黙って外出するのはまずいだろう。だが自分が「女の子らしくない」ことをするのが嫌いな母親には、反対されそうな気がする。

どうしよう……と真咲が策略を巡らせていることを知る由《よし》もない行成は、「ユニフォームでも借りてくっかなぁ」と暢気《のんき》に呟いた。

月夜とカクテル光線

「え、お前兄貴いるの？」

給食の時間、真咲がデザートのプリンを食べていると、前に座っていた天久が驚いたように声を大きくした。

天久は先々週行われた席替えで、元はくじ引きで違う席だったのを、「後ろの方だと黒板が見えない」と一番前の席になった真咲の隣にわざわざ移ってきた。

「黒板も何も、いつもあんまり先生の話聞いてないのに」と当初真咲は思ったが、席替えの後からは比較的おとなしく授業を受けているようだ。

そして給食は、席の近い者同士で班になり机をくっつけて食べるので、これまた天久と同じ班になってしまうのだ（授業中は隣の者同士が、向かい合う配置になる）。

ちょうど班では、それぞれの兄弟の話をしていた。「ひとりっ子は寂しい」「けどなんでも買ってもらえて羨ましい」と。

真咲はそれを聞くともなしに聞いていたが、天久から「お前はどう思う？」と突然話を振られたので、「うちはお兄ちゃんいるけど、あんまり分かんないなぁ」と正直に答えた、というのがここまでのあらすじだ。

真咲はプリンを飲み込んでから答えた。

「うん。いるよー」

「……へー、そうなんだ。全然そんな感じしねーけど」

じろり、と天久が真咲を凝視した。眼力の強い天久に見られると、いつもビクッとしてしまう。それでも最近はちょっとずつ慣れてきているので、真咲は流さずに返した。

「そう？　実は、お兄ちゃんだけじゃなくてお姉ちゃんもいるよ」

「マジで？　え、今中学生とかなの？」

「ううん、お姉ちゃんは二十一で、お兄ちゃんは二十三……だったかな。まぁ、ふたり共お仕事と留学で、ちょっと前から家にいないんだけどね」

「あー……、なるほどね」

天久は納得したように何度も頷いた。

「そっちには、妹さんいるよね。きららちゃん」

「うん。他にはいねーけど」

多少げんなりとした面持《おもも》ちで天久が返す。

微妙な反応ではあるが、家では良いお兄ちゃんをやっているようなので、おそらく照れ隠しなんだろう。真咲は学校で会うたび手を振ってくるきららの姿を思い浮かべた。

「きららちゃん、いつもにこにこしてててかわいいよねぇ。うちにもあんな妹ほしいなぁ」

世話をするのは大変かもしれないが、ああいう明るくて無邪気な子が家にいたらきっと毎日楽しいに違いない。そう想像して放った真咲の一言に、何故か天久は俯いて固まってしまった。

「どうしたの？」

「あー……いや。それよりも、さ。あとでさっきの『時間と速度』の問題、解き方教えてほしいんだけど」

なんだか唐突な頼み事だな、と思いつつも、断るのも角が立ちそうだったので「いいよ」と快諾した。

給食を食べたあとは昼休みになる。机を元の位置に戻した真咲は、天久と隣合わせで座った。教科書を間に広げノートの余白に問題の解説図を書いていると、後ろからガヤガヤとした声が聞こえた。

「昴、何やってんの？　外行こうぜ。他の奴らも待ってるんだけど」

「早くしないと五年の奴らに場所取られるよー」

振り向くと男子児童がふたりほど、天久をグラウンドでの遊びへ誘いに来ていた。

顔にあまり見覚えがないから、この子たちは他のクラスだ。それぐらいは転入生の真咲にも区別がつくようになっていた。

　天久は露骨に態度を悪くした。

「ちょっとこいつに分かんないとこ聞いてんだよ。ジャマすんじゃねーよ」

　するとふたりは一斉に天久を囃《はや》し立てた。

「は？　昴が？　ありえねー。ウケるー」

「何があったの？　算数超キライなくせに。熱でもあんの？」

「ねーよバカ。ってか、これくらいの計算できた方がいいだろ。お前らも遊んでばっかいると将来クソみたいな人間にしかならねーぞ」

　天久がそう強く言い放つと、ふたりはすごすごと退散した。

　そんなにつっけんどんな言い方で大丈夫かな、と真咲は懸念したが、当の天久が平然と「じゃ、ここだけどよ……」と話を元へ戻したので、余計な口は挟まずに教えることにした。

「あー、分かった。したら時速は50㎞だな。途中で止まったり猛ダッシュすること考えないで、あくまで同じスピードで走ったとき、ってことだよな。んなこと現実にはありえないけど」

「うん、そういうこと」

真咲がそう言って締めくくると、天久は早速筆記用具をしまい始めた。本人に学ぶ気はそこそこあるにしても、集中力がまだまだ足りていないらしい。一方で真咲も、すでに違うことを考えていた。

（昼休みが終わったら、午後の授業、それから……）

早くも気がそぞろになった真咲を、天久は怪訝そうに覗き込んだ。

「そういやさ、今日のお前なんか変じゃね？」

尋ねられ、真咲は「そうかな」とお茶を濁す。天久は「そうだよ」と口を尖らせた。

「だってなんかニヤニヤしてるし、給食食ってる間もずっと機嫌良かったじゃん。いつもは全然絡んでこないのに」

それは気がつかなかった。普段どおり振る舞っているつもりだったが、つい表に出てしまっていたらしい。

今だって鼻歌歌ってたぜ、と言い足され、顔を赤らめる。すぐにポーカーフェイスに切り替えようと頬の筋肉を固くするが、気を抜くと途端に緩んでしまう。

「なんかいいことでもあったのかよ」

「いいこと？　だって今日は……」

「今日？」

言いかけて慌てて口をつぐむ。

未だに問いたげな天久の視線に「なんでもないよ」と言い訳すると、慌てて机の上を片づけて、「今日図書館整理の当番の日だからもう行かなきゃ」と逃げるように席を立った。

（あぶない、あぶない。つい言いそうになっちゃった）

廊下を早足で通り抜けながら、真咲はぺしぺしと自分の頬を叩いた。

今日は、行成がナイターに連れて行ってくれると約束した日だ。この日のために、お小遣いも使わず貯めてきたし、野球のルールを予習して備えてきた。

『真咲、どうしたんだ？　急に野球とか見出して』

家でテレビ中継を見ていると、その日来ていた叔父が真咲に尋ねてきた。今度野球観戦に誘われたんだけど、お母さんに反対されそうで言えない……と告げると、叔父はにやりと笑った。

『誰と行くんだ？』

『えっと……それも……』

『なるほどな。そしたらその辺は俺がどうにかするから。お前は楽しんでおいで』

すると、叔父は『今度、真咲を夜にご飯食べに連れていっていいか』と母親に尋ねてあっさりと了承を得てしまった。うまくやれよ、とばかりに目配せされてちょっと恥ずかしくなった。

そして、今日がいよいよその日だ。

（早く、夕方になんないかな）

こんなに楽しみな放課後は久しぶりだ。浮き立つ足下と速くなる鼓動を感じつつ、階段を一段抜かしで駆け下りた。


「ユキナリ！」

球場の最寄り駅の地下鉄の改札を出て、待ち合わせをしていた行成を見つけて手を振る。彼は珍しくシャツにネクタイを締めていて、壁にもたれて携帯電話をいじっていた。

行成は「おお」と軽く手を挙げると、携帯電話をポケットにしまって真咲の元へと駆け寄った。

「ごめんね、ちょっと遅れて」

「まぁいいよ。つーかよくここまで来られたな」

「うん、これくらいできるよ。だってもう六年生だもん」

生意気な真咲の台詞《せりふ》に、行成は「ハハッ」と目を細めて笑った。

駅を出て日暮れ間近のオフィス街を歩く。球場が近づくにつれユニフォームや野球帽を被った人の姿が目につくようになってくる。

大きな森のような広場を抜けて入場ゲートに着くと、行成があらかじめ買っておいたというチケットで球場内に入った。

「わぁっ‼ すごい！ 思ってたより広いんだねー‼」

コンクリートの階段を上り切り観客席に躍り出て、真咲は思わず声を上げた。今日のビジターは行成がかつて応援していた地元の球団とのことで、三塁側の内野席に座った。

試合前のこの時間、フィールドではホームチームが守備練習をしている。平日なので客の入りは四割程度といったところか。客席では早くもビールの売り子が声を張り上げている。

「あっ、坂巻《さかまき》コーチだ。テレビで見るのと同じだ！」

「うわっ、ボール飛んできた！ 超こわい！」

珍しく興奮して真咲がまくしたてる。その傍らに大きな黒いトートバッグが置いてあるのを見て、行成が尋ねた。

「なんか荷物多いな。何入ってんだ」

「えーとね、おじさんが、これ持ってけって」

そう言って取り出したのは週刊誌サイズの選手名鑑と、二本のサイダーの瓶。

「はい」とサイダーの一本を行成に渡す。行成は水色のガラス瓶に貼られたラベルを困惑気味に凝視した。

「なんだこれ。見たことないな」

「うん。なんかね、叔父さんが出張のおみやげにくれた。『友達と分けろ』だって。おいしいみたいだよ」

「……ありがとう。だけど、これって冷やして飲んだ方がいいよな」

行成が瓶を受け取り、納得いかない様子で瓶をカバンにしまった。せっかく持ってきたのに、今飲んでくれないのは少し残念だったが、喉が渇いていた真咲は先にいただくことにした。甘さ控えめの炭酸飲料は、キンキンに冷えていなくても十分おいしい。

今日の先発は……とふたりで選手名鑑を見ているところに、場内アナウンスが大音量で響き渡った。

スターティングメンバーが次々とコールされる。颯爽《さっそう》とグラウンドに向かう選手たちを見て、行成は視線を鋭くさせた。

「さぁ、いよいよだな」

試合は序盤、優勝戦線を争っているビジターチームと、Aクラス入りを目論《もくろ》むホームチーム、両チームの意地を懸けたエース同士の投げ合いとなり、息の詰まるような展開となった。

ちょこちょことたこ焼きなどをつまみつつも、試合の行く末に目が離せない。三回表の攻撃が終わったところで、行成の携帯電話に着信が入った。

「ちょっとごめん」

そう断って席を立つ。少し離れたところから「ああ、面接が終わって」「今、三塁側」などと告げる声が聞こえてくる。

落ち着かない気持ちで足をばたつかせながら隣に行成が帰ってくるのを待つ。

通話が終わると真咲は、「どうしたの」と行成に尋ねた。

「いや、さ。俺の知り合いがさ……」

言い終わるが早いか、ふたりの後ろから大きな声がした。

「矢野ちゃん！」

声のした方を振り返ると、入り口の方から眼鏡を掛けた男と、茶色い髪をした派手な格好の女性が階段を下りてきた。

行成は立ち上がって通路へ出て、ふたりを出迎えた。

「矢野ちゃん、この前見に来るとか話してたけど、今日だったんだ」

「誰と来てるの？」

あいつ、と行成がこちらの方を親指で指し示した。自分だけ座っているのも妙かと思いあとを追っかけて席を立ち、行成の近くに佇んで「こんにちは」と頭を下げた。

「マサキ、こいつら大学のゼミの仲間。……っつっても本当は一個下だけど」

「ぜみってなんだろう」と真咲は首を傾げたが、聞くよりも先に女性の方が尋ねてきた。

「かわいい子だね。矢野君のごきょうだい？」

「いや、近所のガキ。ナマで野球見たことないっていうから、連れて来た」

ふーん、と言ってその女性はまじまじと真咲の方を見た。

女性は明るく染めた髪を顎の下あたりから巻いていて、微風《そよかぜ》が吹くたびに髪はバネみたいに揺れた。艶のある肌に覆われた小さな顔には、長いまつげの生えた二つの目が並んでいる。その大きな瞳が先ほどから真咲をずっと捉えていた。

まだ見られている。気まずい。あまり顔を凝視されると、男の子でないことがバレてしまいそうで俯いた。

男性の方が一塁側を指さして言った。

「俺ら、向こうの自由席にいるんだけど、一緒に見ない？」

えっ、と真咲は下を向いたままの顔を強ばらせる。

「えー、でもあっち敵側だろ。ちょっと怖ええな」

「大勢で見た方が楽しいよ。他にも、そっちのファンいるよ」

「ていうか矢野ちゃん、あんまゼミの集まり来ないじゃん。たまには親睦《しんぼく》深めようよ」

多少強引とも言えるような台詞で行成を誘う。

「あー……」

顔を上げると、少し困ったような顔をした行成と目が合った。

ぎゅっとシャツの後ろを握る。行成が一瞬、こちらに向かってはにかんだ気がした。

「やっぱ今日はやめとくわ」

そう言うと、男性はあからさまに残念そうに「えー」と肩を落とした。

「また誘ってな」と柔らかいがきっぱりとした口調で言うと、ふたりはとうとう諦めて帰っていった。

「ユキナリ、いいの？」

席に戻ると、さすがに心配になってしまい聞いた。

気がつくととっくに三回の裏は始まっている。行成はビールの売り子を呼び止めて、ポケットから財布を取り出した。

「ああ、いーんだ」

「でも……」

あんなふうに熱心に誘ってくれたのに、断ってしまったら今後の立場が悪くなってしまうのではないだろうか。

一人前に気遣いを見せる真咲に、行成は売り子から釣り銭を受け取りつつ、上《うわ》の空で答える。

「いいんだ、いいんだ。どうせまた機会なんていくらでもあるし。それに、お前、人見知りだろ」

こぼれそうになるビールの泡に口をつける。白い泡の髭が鼻の下にお目見えした。

「知らない大人に囲まれて見ても、あんまり面白くねーだろーしな」

図星を突かれて思わず黙り込む。

行成が友達よりも自分を優先してくれたことを知り、体温が上がってクラクラしてきそうだった。

「なんか暑くない？」

「そうか？　俺ちょっと寒いんだけど」

さすが若いだけあるなぁ、と言ってまた苦笑する。ビル街なので星は見えないけれど、たまに吹く乾いた風はその夜空が晴れていることを感じさせた。


「打ったー！　回れーっ！」

「おおっ、追いついた！」

カクテル光線に照らされて、芝生もボールも、グラウンドを動き回る選手たちのユニフォームも客席の人々も、すべてがキラキラしていた。一緒に合わせて応援歌を歌ったり、手を叩いたり。すれ違う人たちもみんな楽しそうで、まるで夢の中のお祭りにいるみたいだった。

隣の行成は首元のネクタイを緩めてはいたが、きちっとした服装のせいか、普段よりちょっと格好良く見えた。そしていつにも増してよく笑って落ち込んで、また手を叩いて笑っていた。

（ユキナリ、ユキナリ）

ずっとその横顔を見ていたいと思った。一瞬が永遠で、永遠が一瞬のようだった。

テンポ良く試合は進んでいたが、両者一歩も譲らず二対二の同点のまま最終回を迎えた。

「もう九回か」

スコアボードと時計を見比べて行成が呟いた。

「延長になってもこの回で帰るか。お前明日も学校だよな？」

残念だけど仕方がない。うん、と頷いて食べかけの串カツを押し込む。

九回表、ビジターチームの攻撃は、先頭バッターが長打を打って二塁に出たものの、続くバッターが相次いで打ち損じてしまい、早くもツーアウトになってしまった。

楽しかったけど、肝心の試合は勝てそうにないな、などと思っていたところで、場内アナウンスが鳴り響いた。

「八番、吉田《よしだ》に代わりまして、代打・藤武《ふじたけ》。背番号・63」

「えっ……」

それまでヘラヘラしながら試合を見ていた行成の顔つきが急に変わる。

「まだ現役だったのか」

「知ってるの？」

真咲が尋ねると、彼は視線を「63」から少しも外さずに答えた。

「藤武は、俺が子供の頃からやってる選手だ」

へぇ、と手元の選手名鑑のページを捲《めく》る。藤武の項には「五年ぶりに古巣に復帰。

崖っぷちのベテラン選手は今年が正念場」などと辛辣《しんらつ》なコメントが書かれていた。

スコアボードに表示されている藤武の打率は二割にも満たない。三塁側の応援席からも「じじぃ、ひっこめ」などの心ないヤジが飛ぶ。

一球目。ギリギリのコースだったがストライクを取られた。

「あー」と落胆のムードが客席に漂う。

「……っ！」

行成は突如席を立つと、最前列まで一気に階段を駆け下りた。

「どうしたの」

慌てて追いかける。隣に立って行成を見ると、彼は掴んだ指が食い込むほどフェンスを強く握りしめていた。

二球目。ボール球を振らされてこれでツーストライク。

一旦打席を外してスウィングする。

ピッチャーがサインを確認して投球モーションに入る。三球目。

「藤さん、頑張れ！」

行成が叫ぶ。祈るに近い響きだった。

応援団の応援も一旦鳴り止んだ、そのときだった。

（あっ！）

「ガッ」という鈍い音と共に、白いボールが早足で内野を駆け抜けていく。遊撃手と三塁手の間を破った。長打コースだ。

「いけー！」

外野手がやっと追いついた。三塁コーチがぐるぐると腕を回す。二塁ランナーがホームに突っ込んでくる。間に合うか⁉

「セーフ！」

主審のジェスチャーと共に、客席が怒濤《どとう》のような歓声に包まれた。

それまで座って見ていた観客も、一斉に立ち上がって喜び合った。勝ち越しだ。

「やった！」

行成が顔をくしゃくしゃにして笑う。向かい合ってハイタッチをすると、その勢いで拡げた腕に急に抱きしめられた。

（う、うわー‼）

「藤さん、ホントによくやった」

感極まった涙声で行成が漏らす。一方の真咲は、「自分も抱き返した方がいいのだろうか」とそのことばかりが気になっていた。

九回裏は抑えピッチャーが見事攻撃を三人で打ち取り、試合はビジター側の劇的な勝利で幕を閉じた。記者団に取り囲まれて誇らしげな藤武の様子を、行成は移動しながらずっと眺めていた。

客席を出ると、「一応あいつらに挨拶してくる」と言って行成は人の流れに逆行した。ゲートの前にいるように命じられたので、壁にもたれながら彼が戻ってくるのを待った。

人の波をなんとなく観察する。一塁側から出てきた人々は疲れたような顔をしていて、反対に自分たちと同じ方から来た人はほんの少しテンションが高いような気がした。

と、すぐ近くのお手洗いから出てきた人を見て、真咲はぎくりと背中を強ばらせた。まさか、と思ったが真咲が身を隠すよりも早く、向こうが真咲を見つけてしまった。

「鳴原！」

大声で名前を呼ばれ、無視するわけにもいかず恐る恐る振り返る。

そこには天久昴が、驚きと好奇心が入り交じった目で真咲を見ていた。

「あ、偶然だね……」

天久は真咲の元に駆け込み、何故か興奮した様子で捲《まく》し立てた。

「お前も野球見るんだ」

「う、うん」

こう聞かれるのも無理はない。隣の席になってしばらく経つが、野球をはじめとするスポーツの話題を、ふたりはしたことがなかった。

「天久君こそ、なんでこんなとこに……」

「ああ、俺は親父が好きだから、たまに連れて来られる……」

そこまで言うと、天久は首を傾げながら尋ねた。

「誰と来てんの？」

「えー……と」

言葉を濁す。同行者の行成は、親戚でもなければ共通の知り合いがいるわけでもない。しかし「友達」と呼ぶには歳が離れすぎているし、自分としても彼の存在をそれだけでは括《くく》れない。

こうしてる間にもうっかり行成が帰って来たらどうしよう。天久は空気を読まずに余計なことを言ってしまうだろう。

どうやってここから逃げようかと必死に頭を回転させていると、天久の背後から野太い声がした。

「昴、お前こんなとこいたのか！」

すぐに天久が「ゲッ」と顔をしかめた。

人混みから体格が良く厳《いか》つい顔をした男性が現れて天久の真後ろに立った。目の色や耳の形など似ているところはあったが、全体的に大きくて骨太で、小柄で線の細い天久とは随分と雰囲気が異なる人物だった。

「お前、どこに行ったんだと思ったらヒトんちのお坊ちゃんに絡むとか……」

「ちげーよ、こいつ、うちのクラスの転入生。ってか女だから。よく見てみろよ」

天久が真咲に向かって「これ、オヤジ」と素早く紹介したので、真咲は男性に向かってぺこりと頭を下げた。

「初めまして、鳴原です」

「鳴原……」

天久の父はそう呟き、それまで不機嫌そうだった顔を崩して目尻を下げた。

「あー、君が真咲ちゃんか！」

「え？」

黙っていると怖い印象だったが、笑うと急に人懐《ひとなつ》こくなる。

意外な反応に戸惑っていると、天久の父は「ガハハ」と豪快に笑って更に続けた。

「うちの昴がな、最近『真咲が、真咲が』ってよく家で話してるんだよ。いやー、噂どおりべっぴんさんだな！」

この歳にしては物知りだが知識にムラがある真咲は、「べっぴん」の意味が分からず、とりあえず悪い言葉ではなさそうなので曖昧《あいまい》に笑った。

「あ、あのな、誤解すんなよな！　きららがお前の名前聞いてきて、教えたらそれから『まさきちゃんのお話聞かせて』ってしつこいから……」

「へぇ、そうなんだ」

別に不思議ではない。世の中には、なんでも家族に打ち明ける子は多いと聞く。自分は母親とあまり話をしないが、仲が良かったらもう少し喋るだろう。

それに天久の言うとおり、妹にも顔を知られている自分は、他のクラスメイトに較べて話題にしやすいのかもしれない。

しどろもどろで顔を赤くする天久を、父親はニヤニヤしながら小突いた。

「お前、照れてるな～？」

「うっせーなジジィ！　早く向こう行けよ！」

キレかかりつつ反撃した天久だったが、父親に敢えなく首根っこを掴まれてしまった。

「何言ってんだ！　おめーも帰るんだよ！」

ずるずると天久を引きずりながら、天久の父は爽やかな笑顔で手を振った。

「真咲ちゃん、うちのバカ、これからもよろしくな！」

「じゃーな、鳴原。また明日！」

「うん、バイバイ」

ふたりに向かって手を振り返す。賑やかな親子の姿が人混みに紛れて見えなくなったところで、すぐ近くから聞き慣れた声がした。

「おう、待たせたな」

行成が戻ってきた。ギリギリ間に合った、と安堵の息をつく。もしもう少しでも早かったら、行成のことを天久に知られるところだった。

真咲は笑顔で「おかえり」と言うと、駅までの道のりを人の波に乗って歩き出した。


電車が地元の駅に滑り込む。改札を出て長い商店街のアーケードを抜けると、街はすでに人影も少なくひっそりと静まり返っていた。

もう少しで家に着いてしまう。真咲は長いようであっという間だった今日のことを振り返る。

「今日の試合、すごい楽しかったね」

　初めて生で見る試合の迫力には圧倒されたし、大好きなB級グルメもいくつか食べられた。

　本当はタコスも食べたかったな……と思ったが、たこ焼きもモツ煮も、十分おいしかったのでそれで良しとしよう。

「そっか。連れてって良かったよ」

　行成が軽くため息をついた。行成と一緒に行ってつまらないわけがないのに、そんなふうに言う気持ちが真咲にはよく理解できなかった。

「俺も、まさか生きてるうちに藤武の晴れ姿もう一回見れるとは思わなかった」

「……なんか、さっきもそんなこと言ってたね。どういう選手なの？」

　藤武が代打で出てきたとき、行成の目の色が明らかに変わった。

　そんなに曰《いわ》くのある選手なのだろうか、と思って尋ねると、彼は声のトーンを落として言った。

「小さい頃、藤武は俺らのヒーローだったよ」

「うん」

「小学生のとき……、今のお前なんかよりもまだ小さかったんだけど、同級生たちと一緒に球場まで見に行ったことがあって」

そういえば、「野球を見に行ったことがない」と言ったとき、行成は随分と意外そうにしていた。彼のように地方出身で、地元に球団がある者にとっては、野球観戦はとても身近なことなのかもしれない。

「試合始まる前の練習中に、『藤武ー、今日こそヒット打てよー』って観客席で騒いでたら、あいつわざわざこっち来て『お前ら、呼び捨てじゃなくてさん付けろ』って言い返してきたんだよ。だから『藤さん、頑張って』ってみんなで言い直したら、『おう、やるよ！』って手を挙げて応えてくれた」

だからさっき「藤さん」と呼んでいたのか、と納得した。口の利き方のなってない子供も大概《たいがい》だが、藤武も相当大人げない。

行成はまだ続ける。

「そんでその日、藤武はホントに打ったんだ。大事な場面で」

くっと切なそうに目を細める。泣いてしまうのかと思って、真咲は一瞬どきりとした。

「ヒーローインタビューでさ、『今日は、応援しに来てる子供たちのためにも頑張りました』って言ってくれて、それがすげー嬉しかったんだわ。だからもう、俺とかその友達は大ファンになっちゃったんだよね」

それであんなに決勝打を打ったとき興奮していたのか、と納得した。話を聞いているだけの自分でも応援したくなってしまうようなエピソードだ。

「いい人なんだね」と相づちを打った真咲に、彼は「うーん」と首を捻った。

「でも、その後、ＦＡとかで球団とモメたりもしてたんだよな……。そんでもやっぱ、あのときのことは忘れられないもんなんだな」

子細《しさい》に語るその様子から、きっと彼は、そのときのことを何回も思い出しているんだろうと窺えた。

できれば自分もその試合を一緒に見たかった。――その頃自分は生まれてすらもいなかったのかもしれないけれど、なんならタイムマシンにでも乗って、小さかった行成と同じ興奮を味わってみたいと思った。

それができないんだったら、せめて――

「また、見に行きたいね」

そう言って行成を見上げた真咲の頭を、彼はぽんぽんと優しく叩いた。

「そうだな。また来年だな」

「やっぱ今年はもう無理かなぁ」

無念を滲ませた真咲に、行成は苦笑いで返した。

「うーん、日程もアレだし……。それに、お前勉強しなくていいのか」

えっ、と言葉に詰まる。世間的には「小学生の本分＝遊び」と思われていると感じていただけに、行成の発言は意外だった。

なんで、と逆に聞き返した真咲に、彼は「あれ？」と嘯《うそぶ》いてから答えた。

「受験、するんじゃないの」

いつの間に知られていたんだろうか、とドキッとした。もしかしたら前に書店で受験関係の本を立ち読みしていたときに見られたのかもしれない。

あのときは受験する予定の女子校のことを調べていたのだが……。その後のことを思い返してみても、「そのこと」に気づいてる様子はなかった。

だが迂闊《うかつ》だった。もし自分の性別がバレたら今頃どうなっていたんだろう、と肝を冷やす。

「……うん。一応……」

真咲はその場で歩くのをやめた。

おや、と足を止めて行成が尋ねる。

「どうした。受験するの、イヤなのか」

「そうじゃないけど、ちょっと……」

来年――そう言われてもピンとこない。だけど、来年の春には自分は中学校に上がっている。その頃まで彼に本当のことを言えないまま、今と同じように一緒にいられるのだろうかと自問する。

答えはよく分からない。嘘をつき続けるのは辛い。けれど、女の子だと知られてどうなるかは全く予想できない。先のことを考えると、いっそ今のまま時が止まってしまえばいいとさえ思う。

微妙な空気が漂いはじめ、行成はわざとらしいほど明るく声を張った。

「その代わり、志望校に受かったら、球場でおにーさんなんでも好きなもの奢ってあげるから」

真咲は俯いていた顔を上げて、その台詞に食らいついた。

「ホントに?」

「ああ。ピザでもおでんでもなんでもいいよ。かき氷……の季節にはまだ早いと思うけど。とにかく、アルコール以外なら、なんでも」

力強い言葉に、真咲は恐る恐る小指を差し出して言った。

「……じゃあがんばる。絶対忘れないでね。約束だよ」

ゆびきりげんまん、と小指同士を絡ませる。

(自分が女の子でも?)

そう聞いてみたい気がしたが、月明かりに照らされた笑顔があんまりにも柔らかくて、声が喉に詰まって何も言えなかった。

再びふたりは歩き出した。未だに勝利に酔っているせいか、行成はいつもより動作が緩慢だ。

「あー、俺も、就活もっと頑張ろうっと。藤さんにも元気貰ったしなー」

そう独り言のように呟くと、急に「あ、そうだ」と言ってまた歩きを止めた。

「何？」

「春になったらさ、釣りにも行きたいな」

「釣り？　何それ、超行きたい！」

「だろ？　ちょっと遠いけどさ、知り合いにいい穴場教えてもらったんだよ。新鮮な魚はうまいぞ」

「へー、何が釣れるの？」

「アイナメとかカレイとか……、あとポイント選べばイカなんかも釣れると思う」

うきうきと弾んでいる行成の声に、こちらの心まで舞い上がってしまう。途端に春が来るのが楽しみになってくる。

「そんで、釣ったやつで、また標本作ったりしようか」

付け加えるようにこぼした一言だったが、本当はそれが言いたかったのかもしれない。

彼は覚えていた。標本を壊して自分がひどく落ち込んでいたことを。そういうさりげない優しさが、どうしようもなく嬉しくて、少し、悲しい――

「……うん！」

切なさを振り切るように真咲が勢い良く答えると、行成は満足げに笑って空を仰《あお》いだ。

「今日は、月がよく見えるな」

つられて上空を見上げる。墨《すみ》を流したような夜空には、丸い月だけが孤独に浮かんでいた。

「マサキ。お前の父ちゃんってどの辺にいるんだろうな」

「分かんない……けど、月のうさぎがいるところ？　その近くにきっといると思う」

思い起こせば動物が好きな父だった。テレビに動物が映ると「かわいいね」を連発していたし、小さい頃は動物園にも何度か連れて行ってもらった。

行成と出会ってから語りかけることも少なくなってしまったけれど……。今日も父は月からこちらを見ているのかもしれない。

真咲の言葉を少しも揶揄《やゆ》することなく、行成は返した。

「そっか。じゃあ静かの海あたりにいるのかもな」

耳慣れない言葉に、真咲がぴくりと反応する。

「海？　月に海があるの？」

「いいや。あの、黒くなってる模様のとこって、こっから見ると海みたいにも見えるだろ。日本人はうさぎって言うけど」

足を止めて月を凝視する。うさぎにも見えないが海にも見えない。

うん、と話の続きを促すと、行成は落ち着いた口調で説明した。

「だから大昔の天文学者は、あのぼこぼこ一つ一つに『なんとかの海』って名前を付けたんだ」

その一つが静かの海な、と言い足す。太平洋とかオホーツク海と違って、なんだかキレイな名前だな、と真咲は思った。

「でも実際月に降り立ってみたら、水なんて全然なくて、あるのはただゴツゴツした岩場だけだったんだけど」

それを聞いてがっかりした。もし月面に海があったら、父は今頃そこの浜辺で、自分より一足先に釣りを楽しんでいたかもしれない。

「それじゃ、魚もいないんだね」

不服そうにそう漏らした真咲に、行成はまたも苦く笑った。

「海って付くのは名前だけで、ニセモノの海だからな」

何気ないその言葉に、何故だか胸が抉《えぐ》られたように痛くなる。

再び歩き出すが、彼の一言が心を突き刺して消えない。

（名前だけの、ニセモノ）

静かの海が本当の海でないことを知って、自分は少なからず落胆した。事の真相を知ることは、時に期待と予想を大きく裏切ることになる。

だとしたら、男の子みたいなのは見た目と名前だけで、本当のことを隠している自分は――、そしてその自分と彼が今まで積み上げてきたものは――

ニセモノなんかじゃない、と否定する。けれども、真実を告げてなお、彼に拒絶されないという自信が、自分の中にはどうしても見つけられなかった。

掴めない月の光だけが、夜空にひとつ浮かんでいた。

青い恋

キーンコーン……と下校のチャイムが鳴る。校庭や体育館ではまだ運動部が部活をやっているが、校舎内に人影は少ない。

真咲は「そろそろ帰るか」と図書館で読んでいた本を戻す。ランドセルを背負って階段を下って、昇降口でスニーカーに履き替えていたところで、真咲は急に声を掛けられた。

「ねぇねぇ、ちょっといい？」

振り返ると、長い髪を頭の上でおだんごにした女の子が笑顔を浮かべながら佇んでいた。見覚えはあるけど名前が分からないから他のクラスの子だろう。背は真咲よりも高く、着ている服も持ち物もカラフルで可愛らしく、お洒落《しゃれ》な印象の子だ。

「えーと、二組の真咲ちゃん、だよね」

どうやら向こうはこちらのことを知っているようだ。なんの用だろう、と狼狽《うろた》える真咲に、女の子はすかさずフォローを入れた。

「あ、と、あたし隣のクラスなんだけど、知らないかな……」

「え……、あ……、ごめん……」

そうだったのか、とばつの悪い思いがした。隣のクラスとは体育や課外活動などで一緒になることも多いが、ひとりひとりの顔を覚えるほど興味がなかった。

女の子は「別にいいよ」と苦笑すると、「あたし、前田《まえだ》愛実《まなみ》」と自己紹介をした。

「真咲ちゃんのおうち、大井戸町だよね」

「そう……だけど」

「途中まで一緒に帰ろうよ」

いきなりの申し出にドキッと心臓が跳ねた。

何故家を知っているのか、とか今まで話したこともないのになんだろう、とかいろいろ聞いてみたいことがあったが、とりあえず久々に友達と下校することになり、嬉しくてつい「うん！」と即答してしまった。

学校から家までの道のりを、おしゃべりをしながらのんびり進む。愛実は都会っ子にしては歩くペースが遅く、いつもなら五分かそこらで着く距離も、今日はその倍ぐらい時間がかかった。

一緒に歩き出してからしばらくして、「なんで住んでるところを知ってるのか」と尋ねてみた。すると、「その辺でよく見かけたから」と即答された。

「そういえば、真咲ちゃんって私立の中学受けるんでしょ」

「えっ……」

「この前模試受けてたよね。あたしも、受験するんだ」

ようやく愛実が話しかけてきた理由が分かった。彼女は中学受験をする仲間と情報交換がしたかったのだろう。

しかし自宅の場所にしろ、模試の会場での発見にしろ、案外見てる人は見てるものだ。これからはあまり迂闊なことはできないな、と身が引き締まる思いがした。

「どこの塾通ってるの？」

「いや、まだ通ってない」

「えっ、そうなの？　この前の模試、ランキングに入ってたよね？」

すごいねぇ、どうやって勉強してるの？　いつも何時ぐらいに寝てるの？　などと矢継《やつ》ぎ早《ばや》に聞かれる。問題集を片っ端から、十時にはいつも寝てる、と答えると、愛実は「はぁ」と感心したようにため息を漏らした。

「うわー、超うらやましい。あたしもそれぐらい頭良く生まれたかったよ」

「そう……かな」

素直な賞賛の言葉に、少し気恥ずかしくなる。羨ましいといえば、こちらこそ屈託のない性格に憧れてしまうのだが。

はにかんで笑いかけると、愛実はますます興奮して拳を握りしめて捲し立てた。

「照れちゃって。ホントかわいいねぇ、真咲ちゃんって」

「……いや、全然そんな」

「しかも天久くんと仲良しとかって。いいなぁ、代わってほしいよ」

「えっ？」

「天久くん？」と聞き返す。すると愛実はすぐに「うん」と頷いた。

わけが分からず首を傾げる真咲に、愛実はビシッと指を突き立てた。

「今日も体育の時間のとき、一緒にしゃべりながらマット運んでたでしょ！」

「あ、それは……」

「あのときも、クラスの女子と『あの子、羨ましいね』って言ってたんだよ！」

体育の時間が始まる前、たまたま先生の近くを歩いていた真咲は、用具運びに任命されてしまった。面倒だな、と思いながら重いマットを引きずっていると、天久がどこからともなく現れて、「お前鈍くさいな」と言いつつもマットの逆側の端を持ってくれたのだった。

それはいいとして、あの男子のどこにそんな魅力があるというのだろうか。乱暴者で、一応女子である自分にも手を上げる奴だ。しかも背も低くて、大柄な愛実とはどう考えても釣り合いが取れない。真咲は思わず「天久くんのどこがいいの？」とストレートに聞いてしまった。

「えー、結構いいじゃん。運動会のとき、最後のリレーで白組のアンカーやってたでしょ」

「……うん」

なんとなく思い返す。真咲たちの学校では運動会は秋ではなく五月に行われていて、言われてみればそのとき同じクラスの男子がリレーでものすごく頑張っていた気がする。

その頃は転入したてでまだ顔と名前が一致していなかったが、どうもそれが天久昴だったらしい。

「結局勝てなかったけどさ。でもすっごい追い上げして、あのときの一生懸命さに思わず『かっこいい！』ってなったよ」

うっとりとそう語る。この調子では「自分は天久にボコボコにされかかった」と言っても信じないのだろうな、と半ば諦めに近い気持ちで話を聞いていた。

「そうかなぁ」と適当に相づちを打つ。すると愛実は急に足を止めて、真咲の正面に立って顔を覗き込んできた。

「……ねぇ、真咲ちゃん。お願いがあるんだ」

「何？」

真剣な表情に思わず息を呑む。ひそめた眉毛が、年齢に不相応なくらい色っぽかった。

どんなことを頼まれるのだろうとドキドキしていると、愛実は何かをねだるように甘い声で言い放った。

「天久くんに、『誰か好きな人いる？』って、聞いてきてくれない？」


「──ックシュン！」

ここ最近急に寒くなってきたせいか鼻がむずむずする。思わず出たくしゃみは、他に誰もいないガランとした理科室に響いた。

校庭から児童たちの騒ぐ声が聞こえる。給食を食べ終えて、今は昼休みの最中である。

真咲は先ほどの授業中に、先生の目を盗んで天久へ「聞きたいことがあるから、昼休みに理科室に来て」と書いた手紙を回した。

黒い天板の大きな机の前に座り彼を待っていると、ガラガラと扉の開く音がした。入り口の方を振り返ると天久は素早くドアを閉めて中に入ってきた。立ち上がって出迎えると、天久も小走りで真咲の方へやってきた。

「なんだよ、聞きたいことって」

ほんの少し声が弾んでいる。真咲は天久の少し茶色がかった髪とつむじを見下ろしながら、重たい口を開いた。

「あのさ、天久くん」

「なんだよ」

「誰か好きな人って、いる？」

天久の顔が真っ赤になる。

「いるっちゃぁ、いるけど……」

「あ、そうなの」

天久は下を向きながら頭を掻いて言った。

「なんだよ、お前気づいてたのかよ」

「いや、全然」

はぁ、と息を漏らす。なんでこんなことに、ともやもやした気分が渦巻いてくる。天久にしたってあまり仲良くないクラスの女子に聞かれても、恥ずかしいし困るだけだろう。だけど、愛実に「お願い」と懇願されて、「嫌だ」と断ることはできなかった。どうやって愛実に伝えようと思い悩んでいると、天久は不可解そうに首を傾げた。

「どうかした？」

「……実は、他のクラスの女の子が天久くんのこと気になってるみたいでさ」

「え、……ってことは、お前はそいつに頼まれたから俺に聞いたわけ？」

「うん」

真咲の同意に、天久の顔色が見る見るうちに変わってくる。いつの間にか眉間には深い皺が刻まれていた。

「お前さぁ、そんなこと他の子に言われて、別になんとも思わなかった？」

「え？」

「例えば俺がその子と付き合ってもいいって言ったら、どうするつもりだったんだよ！」

「うーん……、モテていいなぁ、って思うけど」

「なんだよ、それ！」

キツい口調で怒鳴る。あまりの語気の荒さに真咲はビクッと肩を震わせる。

やはり聞いたらまずかったか、と真咲はすぐに後悔した。最近は真面目に見えたけれど、もともと天久は教師たちも手を焼いていた問題児だ。取り扱いには十分注意が必要だったのだ。

天久は真咲を鋭い視線で睨みつけた。目尻には、うっすらと涙が浮かんでいた。

「お前、俺が言ったこと、そいつに伝えなきゃいけないんだよな」

「あ……、うん」

「それじゃどこの誰だか知らねーけど、絶対にお前じゃないって、そいつに言っとけ！」

体を翻すと、荒い足取りで理科室を後にする。

ひとり取り残された真咲は、再び机の上に突っ伏して頭を抱えた。

その後から、天久は真咲と言葉を交わすどころか、目を合わせることすらしなくなった。何が彼の逆鱗《げきりん》に触れたのかは分からないが、相当怒りの根は深いらしい。

帰り道、通学路から少し外れたところにある行成のアパートの前を通りかかると、窓辺に洗濯物が干してあった。部屋の電気も点《つ》いていたので家にいるのだろうとチャイムを押してみた。

行成は「久しぶり」と笑って真咲を招き入れた。一緒に野球を見に行って以来、会うのは実に一ヶ月ぶりになる。

部屋の中は以前より片付いていて、行成自身もそれまでと少し変わって見えた。何か憑き物でも落ちたかのかさっぱりとした表情。どんよりと暗い真咲とは対照的である。

行成が京都で買ってきたという紅茶を淹《い》れてくれた。変わった香りのするそれをちびちびと飲みながら、真咲は思わず大きなため息をついてしまった。

「あー、どうしよう」

「……何かあった？」

「いや、隣のクラスの女の子に、この前声掛けられてさ」

自分のクラスメイトのことを気に入っているので、彼に意中の者がいるかどうか確認してほしいと頼まれたこと、それをその男子に尋ねたら、何故か急に怒られたことを説明した。

「なんか、好きな人ならいるけど、お前じゃないって言っておけって」

行成は片肘を突きながら頷くと、落ち込んでいる真咲の肩を叩きながら言った。

「うーん……。したら、そうやって正直に言うしかないんじゃないか？」

「……やっぱそうかなぁ」

「っていうか、お前がその女の子と付き合っちゃえば？　大人っぽくてかわいい子なんだろ？」

……そういう問題ではないのだが。彼は自分を男の子と思い込んでいるため、悩みのポイントをきちんと理解していない気がする。

「自分が付き合うとか、そういうのはちょっと……」

「そうか。まぁ、それならなるべくソフトに遠回しに言えば？　『お前じゃない』とか、そういう余計なのは省略しちゃってもいいだろ」

「そうかなぁ」

「別にお前は悪いことしてないんだしさ。それでキレる方がおかしいだろ」

行成の提案に、少しだけ心が落ち着きを取り戻した。顔は若く見える行成だが、こういうところは流石《さすが》に長く生きているだけはある。

真咲は深く息を吸うと、改めて紅茶をすすった。よくよく嗅いでみるとこの香りは林檎《りんご》のものだと気づいた。

「えっ、何？」

「実はさぁ、俺もお前に伝えたいことがあったんだよ」

顔を上げて行成のことを見返す。彼は真咲と目が合うと、「ふっふっふ……」と思わせぶりな間を作ってから急に相好《そうごう》を崩した。

「マサキ、よろこべ！　就職、決まったぞ！」

「ホント!?」

行成が満面の笑みで頷く。「良かったねー」と祝福すると、行成は真咲の頭をぐしゃぐしゃと撫でた。

「あー、もう。お前のお陰だよ！　お前がいつだったか……、あ、野球見に行ったときか。あんとき『おじさんのおみやげ』って言って持ってきてくれたサイダー、あったろ？」

　嬉しくて仕方がない、といった感じで行成が捲し立てる。

「あれがなかなか美味かったから、インターネットでどこの会社が作ってるのか調べてみたんだ。そしたら、そこの会社の取引先が、欠員が出たとかでちょうど新卒を応募してたんだよ！　そんでダメもとで申し込んでみたら、トントン拍子に話が進んでさ。この前面接受けてきて、今日、正式に採用の連絡が来た」

　ほら、これな、と封筒から紙を取り出してちらつかせた。うん、うん、と相づちを打ちながらも真咲は「自分のお陰でもなんでもない」と少し遠慮した気持ちでいた。

「来年からはしばらく本社で営業だって。いやー、向こうの暮らしってキツそうだけど、根性で乗り切るぜ！」

　行成は真咲の手を握りしめ、ハイテンションでそう宣言した。その言葉に引っかかるものを感じた真咲は、おそるおそる手を振りほどく。

「ちょっと待って、本社って……」

　手元には半分ぐらいなくなってしまった紅茶。もしかしてこれを買ってきたのは……。

　違ったらいい、と願った予想は、行成のあっけらかんとした声ですぐ肯定された。

「関西だよ」

一瞬頭を殴られたかのように気が遠くなりかけた。

（ウソ……だよね？）

聞き間違いじゃないかと思って「カンサイ？」と尋ねると、「そうそう。だから面接のついでに京都寄ってきたんだ」と追い打ちで事実を突きつけられた。

「……関西のどのへん？」

「大阪に梅田《うめだ》っつって大きなターミナル駅があるんだけど、そこから地下鉄に乗り換えてすぐ。結構飲み屋なんかも近くて便利な場所だったな」

一応聞いてはみたものの、どんなところなのかさっぱり見当がつかない。けれども、今の自分にとっては果てしなく遠い場所というのは知っている。親戚もいないし、同じ日本の中とはいえそんなところに行ってしまったらおいそれとは会えなくなる。

「それじゃ――」

真咲が口を開きかけたとき、行成の背後から「ブーッ、ブーッ」という鈍い振動音が聞こえた。

「ごめん、電話だ」

行成は真咲の言葉を遮り、こちらに背を向けて棚の上に置きっぱなしだった携帯電話を手にした。

「ああ……。うん……。それじゃ、今から行く」

穏やかな声で電話の向こうの相手へと相づちを打っている。右の耳に電話を押しつけているその姿は、同じ部屋の中なのに、何故かひどく遠く感じられた。

通話が終わる。行成はふたたび真咲の方に向き直り、申し訳なさそうに首を傾げた。

「マサキすまん。今からちょっと出掛けなきゃいけないんだけど……」

「あ……、ああ……」

行成の声で我に返った真咲は、生返事のあと傍らに置いてあったランドセルへと手を伸ばした。

重いランドセルを背負って立ち上がる。なんだかここのところ、肩のベルトが急にキツくなってきたような気がする。

行成と一緒に玄関から出て階段を下りると、今から駅の方へ用事があるという行成とは逆方向に歩き出した。

沿道の家々からせり出している庭木は、緑色から暖かい秋の黄色へとうっすらと変わり始めていた。だが、そんな見慣れたはずの道の変化にも、真咲は全く目を奪われることはなかった。

呆然としながら、震える足取りで歩みを進める。頭の中を占めているのは、たった一つのことだった。

『来年からはしばらく本社で営業だって』

これ以上はないほど嬉しそうな顔で彼は言った。彼はあまり詳しいことを語らなかったけれど、将来が決まっていなくて不安だ、ということは以前ちらりとこぼしていた。

それにニュースなどでも、大学生の就職が困難だということは繰り返し耳にする。そんな中見事に採用を手にしたのだから、今まで散々彼に世話になってきた身としては、何よりも喜ばなければいけないことなのかもしれない。それぐらいは小学生の自分にも理解できる。

だけど――

『球場でなんでも好きなもの奢ってあげるから』

『春になったら釣りにも行きたいな』

あの月夜の晩にした約束はどうなる？　自分は行成との約束を叶えるべく勉強も頑張ってきたし、期待を裏切らないよう、馴染めないながらもクラスメイトともなんとかうまくやってきた。

それなのに彼は、そんなことなんてすっかり忘れてしまった様子で、明るく「関西に行く」と告げてきた。

彼にとっての自分の存在なんて、その程度のもの。彼は自分との約束を果たさぬまま、どこか遠いところに行ってしまおうとしているのだ――

サイダーなんか渡さなきゃ良かった、と自分を責める。そうすれば、内定は今より遅くなっただろうけど、もしかしたらここから通えるような会社に勤めることができたかもしれない。

決まってしまったことは今さら覆《くつがえ》らない。けれども、今の真咲はあのときの自分の行動を、どうしても許すことができなかった。


週が明けて数日後。下校時に昇降口で後方から女子に声を掛けられた。

「まーさーきーちゃん、一緒に帰ろ♪」

後ろを見て確かめるまでもない。真咲は座ったまま愛実が靴を履き替えるのを待つ。

(とうとう来たか……)

真咲は愛実に見えない位置で、ぎゅっと拳を握りしめた。

今日の愛実は少しくせのある長い髪を、上半分だけ後ろで括っており、顔周りがすっきりしている分、普段より一層大人びて見えた。

歩きながら愛実は「最近従姉《いとこ》のお姉ちゃんに彼氏ができた。あんまり自分の好みじゃないけど楽しそうでうらやましい」という内容のことをずっと喋っており、なかなか向こうからはこの前の件について触れてこない。

けれど、このまま流すわけにもいかない。今日言えなかったとしても、遅かれ早かれ伝えなければいけないことだ。

話が一旦落ち着いたところで、真咲は自分の方から切り出した。

「あのさ、この前のこと、天久くんに聞いたんだけど……」

愛実がパッと真咲の顔を振り向いたので、真咲は反射的に俯いてしまった。

口が酸っぱくなる。せっかくできた友達だから、傷つけるのは辛い。けれど、こうなったら仕方ない、と覚悟を決めて呟いた。

「……なんか、他の子が好きっぽい」

「へぇ、そうなんだ」

愛実は特に驚いた様子でも、ショックを受けて落ち込むわけでもなく、どちらかというと興味なさげに頷くだけだった。

（えっ、それだけ？）

意外な反応に唖然とする真咲に、愛実は少し照れたように笑って、足を止めると神妙な口調で囁いた。

「実はね、真咲ちゃん。ずっと聞いてほしいことがあったんだけど……」

「……って何？」

顔を近づけてごにょごにょと耳打ちする。真咲もつられて小声になった。

（最近、私が通ってる塾に、新しい先生が来たんだけど。眼鏡かけてて ちょっと頭良さそうで、イケメンの）

（うん）

（たぶん、大学生なんだけど、その人と、授業始まる前に偶然近くのコンビニで会ったのね）

（そう。それで？）

（私のことなんて覚えてないだろうなーと思ってたら、飲み物選んでるところに来て『前田、早くしないと遅れるぞ』って言ってくれて。それでお茶もおごってくれたんだ）

（へぇ。良かったね）

真咲が返すと、愛実は耳から手を離して、かぁっと赤くなった頬で語り出した。

「もうさ、それだけでドキドキしちゃって。できれば今度何かお返ししたいんだけど、そういうのって迷惑かなぁ？」

なぜここでこんな話が出てくるのだろうか、とわけが分からずにいたが、その理由は愛実の潤んだ目を見てようやく理解できた。

要するに、愛実はその先生に惚《ほ》れてしまったのだろう。だから天久のことはもうどうでもいい、と。

（なーんだ）

それならそうともっと早く言ってくれれば天久と険悪にならなくて済んだのに。若《じゃっ》干恨《かんうら》めしくもあるが、愛実が傷つかずに済んだのは何よりだ。

真咲は苦笑いしながら答えた。

「よく分かんないけど。でもお礼するぐらいならいいんじゃないの」

「……そう言ってもらえると安心するな。真咲ちゃんに言って良かった。真咲ちゃんなら分かってくれると思ってたんだ、こういう気持ち」

「そう、かなぁ……」

新しい恋に落ちたばかりの愛実は、「それじゃ今度クッキーかなんか焼いて持ってこうかな」などと戸惑いつつも楽しそうだ。

真咲が「どんな人か、見てみたいよ」とため息混じりに言うと、愛実はますます幸せそうに目を細めた。

「今度写真撮らせてもらうから、見せてあげるね」

そこまでしなくても、と真咲は思ったが、当の本人が乗り気なのを止めるまでの気力はなかった。

「えっ、他に乗り換えてた？」

行成が驚きに目を見開きながら言った。

「……うん。なんか、今は塾の先生に夢中みたい」

「へー……。そうなんだ。最近の子はドライっつーか……。切り替えが早いのねぇ」

行成が半ば呆れた様子でくくっと笑った。その気持ちには真咲もほぼ同意だ。

今日は行成に借りていた本を返しに来た。ついでにくつろいでいくよう勧められ、出されたお茶を飲んでいるときに、「そういえば、この前の話どうなった」と尋ねられたのだ。

愛実とのことの顛末《てんまつ》をざっくり話すと「振り回されちまって災難だったな」と行成が真咲をねぎらった。そういえば、愛実からこの手の台詞は聞いていなかった。

「しかし、塾の先生っていくつ？　すでにもういいオッサンじゃないの？」

「その子が言うには、大学生みたいだよ」

「そっか。それなら俺と同じかちょっと若いぐらいか……」

行成が何気なく呟いた言葉に、真咲はドキッとしてしまった。

愛実ののろけ話を、「ちょっと歳が上すぎるんじゃないかな」と思いながら聞いていたが、それを言うなら自分と行成だって同じぐらい離れているのだ。

……もしかしたら、愛実の言っていた「真咲ちゃんなら分かってくれると思ってた」というのはそういうことなのだろうか。誰にも言っていないはずなのに、いつの間にか気づかれるようなことをしてしまっていたんだろうか。

穿《うが》ちすぎな考えを追い払うように首を振り、テーブルの斜め向かいに座る行成の横顔を盗み見た。

立つと大きいくせに、顔が若いせいかこうしてると全然そんな感じがしない。泣きぼくろのある目元が、笑うたびにきゅっと細くなるのが好きだった。

そして鼻は意外に高くて、睫毛は短い。でも色が白くて、ほっぺたを突《つ》いたらとってもぷにぷにしてそうだな、といつも想像していた。

あと数ヶ月で、この横顔が見られなくなってしまう日が来るのかもしれない。そう思うとより一層彼の顔から目が離せなくなってしまった。

「俺の顔に何かついてるか」と言われる直前で、真咲は視線を逸らし、好奇心からついこんなことを聞いてしまった。

「ユキナリはどう？　もし自分の生徒が『好きです』って告白してきたら」

行成が何個か掛け持ちしているアルバイトのうちの一つが、学習塾での講師だと以前話していた。

たしか教えているのは中学生だったが。この際そんなに変わりはないだろうと彼の出方を窺う。

行成は首を傾げると、何か不味《まず》いものでも食べたかのように口の周りを歪めた。

「えー？　ガキなんかに興味ねーよ。つうか、小中学生の女子ってこの世で一番苦手」

「あっ……、そう……」

「……んっとに、あいつら、仕事でもなけりゃ、相手もしたくねーよ。うるせーし生意気だし」

予想を上回る否定的な答え。ここで「全然アリ！」などと言おうものならそれはそれで問題だが、「この世で一番苦手」と言われてしまった小学生女子の真咲の胸は痛くなった。

浮かない顔をする真咲に、行成が弁明をするように続ける。

「……お前は、男なんだから違うけどさ」

「まぁ……、そう……だね」

変なことを聞かなければよかった、と後悔する。気分が落ち込むと、それにつられて今朝から調子の悪かった下腹部がまたしくしくとしぶり出した。いつもと同じものしか食べていないはずなのに、なんだか今日はおかしい。

「……ちょっと、お手洗い借りるね」

お腹を抱えてトイレへと向かう。歩き出すと急に立ち上がったせいか、頭が少しくらくらした。そして台所の隣にあるトイレのドアを開けて中に入った。

「ふー……」

便座に腰掛けると、一つため息をついた。行成の家は古いからかトイレと風呂がちゃんと分かれており、それにしては珍しいことだが便座にはなぜか暖める機能が付いていた。

真咲は用を足そうとしたところで、目に入ったものに思わず息を呑んだ。

「え……」

下着に血が付いている。

こんなところを怪我した覚えはない。どこも痛くないし、むしろ疼《うず》くのはお腹の中だ。

(もしかして、これって……)

まさか、と愕然とする。トイレットペーパーで拭ったものを恐る恐る見てみると、それも赤く染まっていた。

なんてタイミングだ、と自分の運の悪さをなじる。自分は体もさほど大きくないし、勝手に遅い方だと思い込んでいた。よもやこんなところで始まってしまうなんて、間が抜けているにもほどがある。

「おーい、大丈夫か?」

ドアの向こうから行成の声が聞こえた。なかなか出てこないことを心配してくれてるのだろうが、異性の、その上自分のことを男の子だと思い込んでいる人間に言えるはずがない。

どうしよう、と狭い室内で頭を悩ませていると、不意にドアの方から「キンコーン」という音がした。

誰かが行成を訪ねて来たようだ。便座に座りながら、外の様子に耳をそばだてる。

「ごめんね、ちょっと早かったかな」

若い女性の声だ。真咲の体はわけもなく緊張した。

「あ、いや大丈夫なんだけど、ちょっと友達が来てて……」

「友達?　誰?」

行成に尋ねる声は、限りなく親しげだった。

着衣を正してから、ドアを少しだけ開けて様子を確かめる。すると、来客者の女性はちょうどこちらを見ていて、行成の肩越しに、ドアの隙間にいる真咲を目敏《めざと》く見つけた。

「あら、この前の……」

行成が彼女につられて真咲の方を振り向く。

「この前って……?」

「ほら、野球見に行ったとき。あのとき連れてた子でしょ?」

その言葉でようやく思い出したのか、行成が「ああ」と言って頷いた。

言うまでもなく真咲だって彼女のことを覚えている。確か同じ大学のもうひとりの男の人と、一緒に現れた人だ。行成は大のオトナなのに、ちょっとボーッとしているというか、天然ボケが入っている節《ふし》があるなぁ、と真咲は改めて思った。

だけど今はそんなことどうでもいい。あのときはもっとよそよそしいというか、ふたりの間に親密そうな雰囲気など全くなかったはずだ。いつの間にこんな関係になったのだろう。

「家にまで入れちゃうなんて、ホントに仲がいいのね」

彼女は口元だけで笑い、手を行成の肩にそっと置いた。何故だかそれを見ていられなくて、真咲は慌てて目を逸らした。

じり、と再び下がって扉を閉じようとする。なんだか彼女は怖い。ばっちりと化粧したお人形さんみたいな顔のせいもあるかもしれないけれど、それだけじゃない。何か、得体の知れない粘《ねば》ついたものを感じる。

「ねぇ、きみきみ。ちょっと」

ドアが完全に閉まる直前で、真咲は彼女に声を掛けられた。

ビクッと固まっているうちに、彼女がすたすたと歩いてこちらに近寄ってくる。まずい、お尻を見られたらどうしよう。もしかしてシミができてるかも。いや、それよりも彼女は行成よりもずっと勘が鋭そうだ。何もしてなくてもバレてしまうかもしれない。

彼女は真咲の前に立つと、マスカラのたっぷり塗られたまつげをこちらに向けて尋ねた。

「なんて名前なの？」

「ま、まさき」

普段の平板《へいばん》な発音ではなく、いつも行成が自分を呼ぶときのように「ま」の方にアクセントを置いて答える。

すると彼女はふたたび口角《こうかく》をつり上げた。相変わらず、目は笑っていない。

「まさきちゃん。今日、これから行成君にごはん作ってあげようと思うんだけど、どう？　一緒に食べない？」

「えっ……」

「遠慮なんかしないで。いろいろ、聞いてみたいこともあるし」

彼女の猫みたいな目から発せられる視線が、真咲の頭のてっぺんからつま先までを値踏みするように撫でていった。「聞いてみたいこと」ってなんだろう。背中に汗が滲んでくる。暑いわけでもないのに、嫌な汗だ。

これ以上こっちを見ないでほしい。お願いだから、やめて。どっか行って。

彼女がもう一度口を開きかけたとき、外から夕方六時を知らせるチャイムが流れてきた。真咲は「あっ！」と声を上げた。

「もう、帰んないと！　今日宿題いっぱいあるし！」

「えっ？」

呆気にとられる彼女の横をすり抜けて、部屋に戻ってランドセルを引っ掴む。慌ただしくスニーカーに足を突っ込むと、行成の方も振り返らずに玄関のドアを開ける。

「それじゃね、バイバイ‼」

わざと大声で言い残して、バタンとドアを閉める。ドアの向こうから「おいちょっと待て」という声が聞こえた気がしたが、なかったことにして階段を駆け下りた。

追いつかれたくなくて早足で家路を急いだ。外は早くも日が落ちかけていた。

借りていた本をまた持って帰ってきてしまったことには、家でランドセルを放り出すまで気がつかなかった。

体の変化があったことを母親に告げると、母親はあっけないほど淡々として生理用品の使い方を教えてくれた。

だがなんとなく体も心もすっきりしない。憂鬱な気分のまま次の日の朝を迎えた。始業時間ぎりぎりになって登校する。真咲の隣の席の天久はすでに来ていて、賑やかな教室の中、ひとり片肘を突きながらボールペンをくるくると回していた。

「お、おはよう」

挨拶をするが返事はない。最近じゃいつもこんな調子だ。しつこく話しかけられていた頃は面倒だと思っていたが、こんなふうな態度をとられるのはやはり寂しい。

いつになったら機嫌を直してくれるのだろうか、と軽く途方に暮れながらランドセルを机の上に置いて、自分の席に座る。

ランドセルから勉強道具を取り出して、それらを机の下へと押し込む。すると、机の中で何かがくちゃっとつぶれた感触がした。

（なんだろう？）

いったんノート類を引き抜く。中を覗き込むと、茶色い模造紙がぐしゃぐしゃになって机の奥にへばりついていた。

手を突っ込んでその紙を取り出す。何かのプリントかな、と紙を開いて見たとき、真咲は顔面から血の気が引いていくのが分かった
『死ね、バカ』と殴り書きされた文字。差し出し人の名前は、もちろんない。

（何これ……）

真咲は茶色い紙を凝視した。たった四文字、読点を入れても五文字の言葉。だけど、それに込められた意志は十分に伝わってくる。

よく見ると机の上にも点々と油性マジックの跡が付いている。これを書いた犯人はここでこれを書いて、そのまま引き出しに入れて逃げたようだ。

悲しい、悔しいと打ちひしがれるより先に、「こんなことしてなんになるんだ」と今の状況を冷静に見つめている自分がいた。しかしあとから徐々に空恐ろしさが襲ってくる。

（誰がやったんだろう……）

カタカタと手が震え始める。耳の後ろから背中にかけて冷たい緊張が走り、上手く

身動きがとれなくなる。

書いた人間は同じクラスの者だろうか。だとしたら今自分がこれを見て動揺しているのを、後ろからしたり顔で眺めているのかもしれない。

なんて卑劣《ひれつ》なやり方だ、と唇を噛みしめる。確かに自分はクラスでも浮いている存在だ。しかし、自由研究の一件以来、ことさら地味に振る舞っているはずだし、特に周りへ迷惑をかけた覚えもない。

それなのに、「死ね」とはどういうことだ？　そこまで憎まれることを自分がいつしただろうか。分からない。無意識のうちにここまで言われるほどのことを行っていたとすると、これからどうやって過ごしていけばいいというのか。怖い。悪口を書かれるくらいならまだ我慢できるが、もしこの悪意が本気だったとすると――

「……おい」

固まってしまった真咲を訝《いぶか》しく思ったのか、天久が久々に声を掛けてきた。

「どうした」

「え……、あ……、なんでもない」

真咲が取り繕った表情で天久を振り返ると、天久はすぐさまそれに反論をしようとした。

けれどその直後に担任の教師が現れ、教室に散らばっていたクラスメイトたちが一斉に自分の席へと戻り始め、続ける声は騒音に掻き消された。

「きりーつ、れーい」

日直の号令と共に立ち上がって頭を下げる。席に座ると同時に真咲は手に持っていた紙をもう一度握りつぶし、机の奥へと押し込んだ。


放課後、図書室や資料室などで時間をつぶし誰もいなくなった頃合いを見計らって教室へと戻った。

自席に着くと、まずは消しゴムでマジックの染みを擦《こす》ってみた。けれども、消しカスが出るばかりで、点々と残された跡にほとんど変化は見られなかった。

「全然消えない……」

真咲はため息をつく。窓の外は早くも日が傾きかけていた。

そういえば、と思い出した。以前学級新聞を作っていたとき、間違えて床にはみ出した部分を先生が特殊な液体で消していた。あれを使えばいい。

先生は「悪戯に使われないように」と隠したつもりになっているみたいだけど、この前大掃除のときに偶然ありかを知ってしまった。先生の机にしまわれている、チョコレートの箱の中だ。

本来であれば、児童たちは先生の机を勝手に触ることを許されていない。だけどこの際仕方ない。一応「いい子」で通っている真咲は、空のどこからか行いを監視しているかもしれない神様に謝った。

（ごめんなさい）

そっと音を立てずに、机の二段目の引き出しを開けたときだった。

ガラガラと教室の扉が開いた音がして、真咲は大きく肩を震わせた。

（やばっ、怒られる――‼）

慌てて引き出しをしまって、椅子を押しのけて机の陰へと身を寄せる。

ぺたぺたと足音が近づいてくる。天板の下にうずくまっていた真咲の前に二本の脚が立ちはだかる。

覗き込んできた人と目が合った。

「お前、さっきからこそこそ何やってんだ」

天久昴は不機嫌そうに真咲を一睨みし、真咲に「早く出ろよ」と催促した。

「えー……と、あの……」

言葉を濁しつつ、とりあえず先生方でも真咲のことをあまり好いていないであろうクラスの女子たちでもなかったことに安心した。

机の下から這い出た真咲は「机にあるマジックの跡を消そうと思って」と正直に打ち明けた。

「マジック？　そんなの放っておけばいいじゃねぇか」

天久が呆れたように真咲を見返した。普通に考えればそのとおりだ。学校の机なんて学年が上がればまた違う人間が使うだけだし、古い物であればあるほどいたずら書きや汚れも増えてくる。ひどいものだとカッターで削ったような跡まである。

だけど真咲には耐えられなかった。早くこんなもの消し去ってしまいたい。でないと、自分はこれを見るたびにまた嫌な気分に飲み込まれてしまう。

気まずい思いで天久から目を逸らすと、彼は「消しゴムで消えねーかな」と独りごちた。そして肩から掛けた鞄からプラスチック製の筆箱を取り出して、消しゴムで真咲の机を擦り始めた。

無理だと思うよ、と口に出しかけた。が、せっかくの厚意を無駄にするのも悪い。真咲は彼に背を向けて先生の机へと歩み寄り、再び二段目の引き出しに手を掛けた。

天久は「なかなか落ちねぇ……」と愚痴ると、早くも痺《しび》れを切らしたのか机をガシガシと乱暴に揺らした。

「……なんだこれ」

マジック落としの液体が入っていたはずの箱を探していたとき、天久の声が聞こえた。

引き出しから顔を上げて、彼の姿を確認する。すると、天久は床に落ちた茶色い紙を拾い上げて、中身を見ようとしているところだった。

「だ、だめ！」

真咲が叫びながら手紙を奪い返そうとするが一足遅かった。天久は素早く体を翻して、ぐちゃぐちゃになった紙を拡げた。その瞬間、天久の浅黒い肌があっという間に赤みを帯びていった。

「お前、これいつ受け取ったんだ」

「今日の朝……。学校来たら机の中に入ってた」

低い声色《こわいろ》に圧《お》され、つい本当のことを口走る。

失敗した。誰にも見つからないように教室以外のところで捨てようと、机の中に置きっぱなしにしていたのが裏目に出た。しかも一番厄介な種類の人間に知られてしまった。

天久は最近こそ大人しいものの、かつてはクラス一の暴れん坊だった。何か揉め事があったら、それに乗じて騒ぎを大きくする危険がある。

真咲が自分の甘さを悔やんで床を睨みつけていると、天久は手紙を手にしたまま踵を返した。

「ちょっと先生に相談してくる」

「だめーっ！　それはやめて！」

教室を出て行こうとする背中を呼び止め、慌てて引き戻す。

どうどう、と両手で制する仕草をしながら、真咲は天久の目を見つめて諭《さと》した。

「誰がやったかも分かんないし。それにまだ自分宛てって決まったわけでもないでしょ。だから、落ち着いて」

「バカ！　こんなとき落ち着いてられっかよ！」

天久はそう吐き捨てると、机の上に腰を下ろして真咲を凝視した。

普段は背の低い天久だが、こうして見下されると気性の荒さも相俟《あいま》って恐れをなすような威圧感がある。居心地の悪さを覚えて俯くと、天久は茶色い紙を片手にまたも真咲を問い詰めた。

「お前さぁ、こんなに嫌な思いしてんのに、なんで黙ってられんの？　なんで俺にも何も言ってくれないの？　俺、朝に聞いただろ？『どうした』って」

「それは……、天久君にも迷惑がかかるかもしれないかなって」

真咲の下手な言い訳に、天久は急に声を荒らげた。

「迷惑なわけねーだろ！　好きな奴が苦しんでんのに、何もできない方が辛いんだよ！」

「え……？」

叱責の中に、そぐわない言葉を聞いた気がして戸惑った。

どういう意味、と顔を上げて聞き返すよりも早く、真咲の首元に、天久の小柄な体にしてはがっしりとした腕が回された。

「な……」

何、と尋ねようとした瞬間、頬に柔らかいものを感じた。それが天久の髪だと気づくのに、真咲は時間がかかってしまった。

「好きだ、鳴原。もうとっくにバレてると思ってた」

（なんで――？）

バレてなんかいない。いつの間にそんなふうに思われていたのかすら見当もつかない。席替えがあってからはそこそこ良好な関係だったものの、一度は自分に手を挙げて「死ねよ」とまで言った人間だ。少し前までしょっちゅう話しかけられていたのも、単に「授業で分からないところを訊くのにちょうどいいから」だとばかり思い込んでいた。

それに自分は、外見も男の子みたいで、一般的な「かわいい女の子」では全くない。高学年になってからすでにちらほらと周りから恋の噂も聞くようになっていたが、誰かの気持ちが自分に向けられるなんて想像すらしたことがなかった。

「お前、ホントに細いな。……俺が、守ってやるよ」

そう言って天久は真咲の体をより強く抱きしめた。押しつけられた鼻先からは、どこかで嗅いだようないい香り。トクトク、と速く波打っている心臓の音が聞こえてきて、真咲は突如気がついた。

この匂いは、行成の家で使わせてもらったタオルと同じものだ。だけど今ここにいるのは行成じゃない。遊びに行くときはいつでも早く顔が見たくて、自分の足を駆け出させてしまう、あのちょっとぼんやりした男の人ではないのだ。

「ちょ……、待って……」

真咲は天久の腕の中でもがきながら呟いて、それから彼の体をゆっくりと押しのけた。

真咲はぼさぼさになった頭をさらに乱暴に掻き混ぜると、沈痛な気持ちで口を開いた。

「そう言ってもらえるのはありがたいんだけど……、自分でなんとかする」

「えっ……」

「だから……、ホントごめん」

天久が顔を歪ませる。

そんな表情をさせるつもりじゃなかった。もしもっと早く好意に気づけていたら、こんなことになる前に距離を置いたりしていたのに。真咲は自分の鈍感さを悔やむ。もう一度「ごめん」と謝って一歩後ずさった真咲の手首を掴むと、天久は荒っぽい力加減で引き寄せた。

「なんで俺じゃダメなわけ？　お前よりバカだから？　チビだから？　ウザい妹がいるから？」

「そ、そんなんじゃないよ！」

真咲は強く否定した。天久は勉強のほうはどうか分からないものの、頭の回転が速いからバカだなんて思ったことはない。確かに体は小さいけれど、ちょっと前まで愛実などが熱を上げていたぐらいだから見た目だって結構いい。妹のきららのことだって、校内で姿を見るたびにかわいくてしょうがないと思っている。

だけど——

口を噤《つぐ》んだままの真咲に、天久は苛立ったように尋ねた。

「じゃあなんでだよ。理由聞かせてもらわないと納得できねーよ！」

「それは……」

「他に好きな奴でもいるってか」

図星を指されて真咲は下を向いた。天久は「やっぱりな」とため息をつくと、俯いた真咲の近くに顔を寄せ、低い声で詰め寄った。

「なぁ、それってこの前一緒に野球見に行ってた人か？」

ハッと息を呑んで顔を上げる。なんでそれを知ってるんだろうという真咲の疑問を、すでに見透かしていたかのように天久は続けた。

「お前、あんとき俺たちと同じ帰りの電車に乗ってたのに、やっぱ全然気がついてなかったんだな」

急に体温が上がっていくのが分かった。本当に今の今まで見られていたことを知らなかった。でもよくよく考えてみたら球場を出た時間がずれていても、同じ町内だし、乗り換えのタイミングもあるから一緒の電車になっていたとしても不思議ではない。そんなことぐらい普段だったら予想できても当然だったのに、あのときは隣にいる男の人のことしか見えてなかった。

「最初は兄貴がこっちに帰って来てんのかと思ってたけど、違うよな。よく見たらすこっしも似てねーし。お前学校だといつもブスッとしてるのに、そいつの顔見てずーっとニコニコ笑ってるし。何か変だと思ってたんだよ」

似てない、との言葉が意外にも突き刺さった。昔の貴族みたいに薄い顔の行成と、たまに「外国の人の血が入ってるの？」と聞かれることもある自分では、顔の造りからしてかけ離れている。分かっていたけれど共通点が全くないと思うと悲しくなる。

しかも行成と一緒にいて浮かれているところまで見られていたとは。ごまかしようがなくなって、真咲はますます黙り込んだ。

天久は「チッ」と舌打ちをすると、真咲の手首を掴んだまま机から下りた。

「いくつだよ、あいつ」

「……二十四」

「にじゅうよん⁉」

素《す》っ頓狂《とんきょう》な声を出して天久が聞き返す。でも嘘ではない。行成は自分と干支《えと》が同じだった。それで彼の誕生日は五月だったから、二十四歳で間違いない。

「お前、そんな年上と付き合ってるのか。そいつロリコンじゃねーかよ」

「まさか！　付き合ってるとか、そんな……」

慌てて否定する。行成のことは、自分が勝手に想いを寄せているだけで、彼にはなんの落ち度もない。それどころか、彼は自分の本当の性別すら知らないのだ。

「じゃ、お前の片想いってことか」

「……」

何も言い返せない。

天久が「だよなぁ」と意味深げに首を傾げた。ついこの前までもっと目の位置が低かったはずなのに、今は自分の鼻先ぐらいにあることに気づいた。

だからちょっと怖くなる。少し前までは口先だけだったら子犬が吠えているようなものだとやり過ごせたはずなのに、今は自分とほぼ同じ目線で睨みつけてくるから。

怯んだ真咲が視線を逸らすと、天久は真咲に体を寄せて問い質《ただ》した。

「お前さぁ、そんな歳が離れてて、もう働いてるようないい大人好きになってどーすんの？」

「違うよ、まだ大学生だよ」

真咲が訂正すると、それが気に障《さわ》ったらしい天久が一喝する。

「どっちだって変わんねーよ！　そいつ、俺らの倍生きてんだぞ？　そんだけ年上の男が、お前みたいなの相手にするわけねーだろ！」

大声が教室内にこだまする。耳がじんじんと千切れそうに痛い。真咲は真っ赤になった顔を俯けて唇を固く結ぶと、繋がれた手を乱暴に振り払った。

「分かってるよ！　そんなの！」

そう叫ぶと他の机の上に置いてあった荷物を手に教室から飛び出す。

後ろから「逃げんな、鳴原！」という声が聞こえたが、足を止めることはできなかった。

校門を出ると、すぐにバス通りにぶち当たった。そこで一旦速度を落としたものの、信号を渡るとすぐにまた走り始めた。

夜のとばりが降り始めた狭い路地裏の一本道。真咲は何かを振り切るように駆け抜けながら、固く拳を握りしめた。

『なんか変だと思ってたんだよ』

『お前みたいなの相手にするわけねーだろ！』

（うるさいうるさい！）

まったく余計なお世話だ。彼が自分に惚れているらしいのは分かった。けれど、行成と自分の関係についてあれこれ口出しされる筋合いはない。たまたま一緒にいるところを見られただけで、どうしてここまで言われなければいけないのか。

ささくれだった感情は茨《いばら》となって胸を締めつける。だけど、自分は天久に反論も否定もできなかった。だって――

『えー？　ガキなんかに興味ねーよ』

行成は昨日はっきりとそう言い切った。空音《そらね》でもその場しのぎでもない、ぽろっと出たような本心。とどめがそのあと家に現れたあの女の人のことだ。

この想いが叶うことはないことは分かっていた……つもりだった。けれど自分は、飲み込みの良いふりをしていただけで、全然覚悟なんかできていなかったのだ。

結局、全部天久の言うとおりだ。だから聞いていられなかった。自分はあの人が好きだ。誰よりも好きだ。全然諦められない。でなければ他人に『相手にならない』と事実を突きつけられて、こんなに苦しいはずがない。

走り続けていたが、息が辛くなって減速する。するとそこは、行成の家へ遊びに行くとき、いつも曲がる角だった。

電柱に手を突いて、下を向きながら肩を上下させる。うまく呼吸ができなくて、大きくげほげほとむせた。

(ユキナリ——)

自分が寂しくて悲しくて辛かったとき、『大丈夫だよ』と偽りのない言葉で励ましてくれた。重要なことは何も聞かず、ただそばにいてくれた。父を亡くし、友達もおらず、ひとりぼっちになってしまった自分にとって、これほど有り難い存在はなかった。

会って顔が見たい。いつものように笑ってほしい。けれど、それだけはできない。これ以上好きになってはいけなくて苦しんでいるのに、優しくされたら逆に想いが大きくなってしまう。だから、絶対にダメだ。

それに——、今日行ったらまたあの女の人がいるかもしれない。行成があの人と一緒にいるのなんか見たくない。思い出すだけで乗り物酔いをしたときのように気分が悪くなってくる。

「痛……」

下腹部がしくしくと疼き出す。昨日からずっと良くなってはぶり返している。おそらくこれも、昨日始まった体の変化のせいなんだろう。

望んで女の子になったんじゃない。できればこんな体に生まれたくなかった。大好きな彼が「彼女」として選んだのは、髪が長くて華奢な、お人形さんみたいなあの人なのだ。たとえ今自分が魔法にかかって彼女と同い年になれたとしても、あんなふうに女らしく綺麗になんかなれっこない。

だからせめて、今だけは男の子のフリをして彼の友達でいたいのに、体は確実に「女」という性に蝕《むしば》まれ始めている。

「自分」というものを形作ったふたりを思い浮かべる。忙しくて自分にあまり構わない母と、――優しかった父。自分の顔は、若い頃の父にそっくりだ、と以前叔父が言っていた。

(お父さん)

空を見上げて助けを求める。しかし、こんなときに限って空は分厚い雲に覆われていて、月はその影も現していなかった。

『真咲』

小さい頃に聞いた父の声が甦る。

『真咲、どんなに嫌なことがあっても、それを恨んじゃいけないよ。恨んだら、意地悪で歯のとがった鬼が出てきて、お前のことを食べてしまうからね』

よく泣いてぐずる真咲に、父はそうやって言い聞かせた。「意地悪な鬼」というのが幼な心にとても怖くて、それから辛いことがあってもなるべくすぐ忘れるよう、振り返らないよう心がけてきた。

(だけどお父さん)

空を仰いでいた視界がぼやけ始めてきた。

(なんで、ひとりで月に行っちゃったの？)

鈍かった痛みが徐々に強くなってくる。どんなに見過ごそうとしたって、やっぱり苦しい、辛い、痛い。堪えきれなくなってお腹を抱えてしゃがみ込むと、つま先を置いたあたりに雨のような雫《しずく》が一粒落ちてきた。

いつの間にか目から溢れ出ていたそれは、引っ越してきてからずっと堪えてきたはずの自分の涙だった。

(もう、自分もそっちに行きたいよ)

どうせこっちには友達もいないし、悲しむ人も少ないだろう。むしろ今日「死ね」と書いたやつなんか、自分が消えてなくなったら喜ぶかもしれない。

ぽとぽとと止めどなく涙が溢れて、アスファルトに染みを作る。しゃくり上げながら真咲は、それでもそこから動くことができなかった。

（ウウウ――、ウォン、ウォン!!）

後ろから、突如犬の鳴き声がした。だんだん近くなってくるので座ったまま振り返る。

「あっ……」

真咲の元に勢いよく駆け込んできたのは、叔父の飼い犬のガリレオだった。

パタパタと尻尾を振っているので首元を撫でてやると、ガリレオはより一層嬉しそうに「ワン！」と鳴いた。

ふと視界が暗くなる。涙を拭いてから恐る恐る見上げると、街灯を遮るように立っていたのは、やはり叔父だった。

「おや。誰かと思ったら、うちの姪っ子じゃないか」

「う……」

泣いているのを見られてしまっただろうか。気まずさに言葉を濁す真咲に、叔父は形の良い目をニィっと細めた。

「ん？　どうした？　どっか具合悪いのか？」

「ちょっと、お腹痛くて……」

震える声でそう伝えると、叔父はガリレオにハーネスを付け直してから、真咲の背中をポンポンと軽く叩いた。

「そっか。じゃ、ちょっと掴まれ」

転ばないよう手を取られながら立ち上がる。叔父は真咲の体調を気遣ってか、ゆっくりとゆっくりと歩き始めた。


叔父と犬と共に自宅へたどり着いたときには、辺りはすでに深い秋の夕闇に包まれていた。

「ちょっとここで待ってろ」

まだ顔色の悪い真咲へリビングのソファにいるよう命じると、叔父は台所の方へと向かっていった。

五分ほどして両手にマグカップを携えて戻ってくる。マグカップをテーブルの上に静かに置くと、叔父は「はい」と言ってそのうちの一つを真咲に差し出した。

カップの中には暗い色の液体が渦巻いている。漂ってくる香りは甘く、湯気がもうもうとたなびく様子は見るからに熱そうだ。

「おじさん特製のホットチョコレートだ。体あったまるぞ」

ホットチョコレートとココアって何が違うんだろう。そう疑問に思ったが、敢えてそれを声にすることなく、こげ茶色の水面に二、三回息を吹きつけてから、上澄《うわず》みを少しだけ啜《すす》った。

思ったとおり甘い。そのまま繰り返し舐《な》めるように飲んでいると、体がじんわりとほぐれて温かくなってきた。それと同時に、ずきずきと疼いていた下腹部の痛みもいくらかましになってきた。

叔父は真咲の斜め前に座っているだけで、何も聞いてこない。何故泣いていたのか、学校で何があったのか……。特に興味がないのか、それとも真咲が言い出すのを待っているのか。

お互い沈黙に耐えきれなくなったとき、先に口を開いたのは叔父の方だった。

「なんか、深刻な顔してるな」

笑顔を浮かべながら真咲の顔を覗き込む。真咲はとっさに顔を背《そむ》けた。

「……そう?」

「言いたいことがあるなら聞くぞ。もちろん、秘密厳守で」

穏やかな声でそう言われ、真咲は迷った。

どうしようか……。叔父に相談したところで、どうにかなるものでもないことは予想がつく。

でもひとりで抱え続けるのも辛い。叔父は、行成と野球を見に行ったことも黙っておいてくれたようだ。たぶん信用はできるだろう。そう踏んで思い切って打ち明けた。

「あのさぁ、叔父さん」

「ん?」

「好きになっちゃいけない人、好きになったことある?」

真咲の質問に、叔父はしばらく考えるように黙り込んだ。

真咲は「もうどうにでもなれ」とばかりに続ける。

「絶対ふり向いてもらえないって分かってるのに、でもやっぱり好きなの。ダメだ、ダメだ、って思うほど、どんどん好きになっちゃうの。そういうときってどうしたらいい?」

声が自然と震える。初めてうち明けた自分の想いは、表に出せば出すほど頼りなく、また絶望的なものとして自分の心に響いた。

叔父はゆっくりとした口調で相槌を打った。

「なるほど、な」

「……」

「そういうとき、『諦めろ、他がある』って他の人は言うかもしれないな。……でも、叔父さんはそうは思わない」

意外な返答に思わず顔を上げる。叔父は相変わらず落ち着いた表情で、真咲に深い視線を投げかけているだけだった。

「その人のことが好きで、お前はその人に見合う人になろうと、いろいろ頑張るわけだ。一生懸命勉強したり、見た目を磨いたり、人に優しくしたり……。そういうモチベーションは、他の経験では得られない。その人がそばにいるってだけで、それまでただぼんやり過ごしてた時間をものすごく鮮やかに感じたりするだろう？　それがお前の人生を豊かにしてくれるんだ。そしてたまにその人の反応が思うようにもらえなくて、傷ついたりもするだろう。だけどそれにより、お前は一回り強い人間になる。お金なんかじゃ替えが利かない。これほど尊《とうと》くて、純粋な努力が他に存在するか？　どんなに辛いことがあったって、その人の笑顔ひとつでチャラになるんだからな。愛情の押しつけをするのは良くないと思うが、好きになるだけなら別に構わない、むしろどんどんするべきだと思う」

滔々《とうとう》と口にする。叔父の言っていることは長く、難解ですべてを理解することはできなかった。けれど結論は分かる。『別にふっきる必要はない』と。

だけど……と真咲は胸に引っかかる思いを吐き出した。

「だけど、その人には他に大事な人がいるんだ。それに、ちょっとボーッとしてて微妙にイヤなことも言うし。知り合いにもやめとけって言われたよ。こんなに苦しくても、好きでいる方がいいの？」

実ることはない恋。行成のことも、その彼女のことも考えるだけで辛くなってくる。こんな思いをしてなお、それでも想い続ける意味があるというのだろうか。

涙声になって詰め寄る真咲に、叔父はテーブルに肘を突きながら口元で笑った。

「『いいの？』って、答えはもう出てるじゃないか」

「えっ？」

「この際他の人の意見は関係ない。お前はその人のことが好きで、だから苦しい。好きになるような価値のない人間なら、もうとっくに気持ちは冷めてるだろう。お前は他の人には分からないその人のいいところに気づけたわけだから、その気持ちを大事にしてもいいいんじゃないか」

「でも……」

真咲が反論しかかると、叔父は自分の手元に置いたマグカップの中身を少し飲み下して、それから今までで一番優しげな声を出した。

「実は叔父さんもな、好きになっちゃいけない人のことをずっと好きだった」

「えっ……」

唐突な衝撃発言に、真咲はびくっとその身を強ばらせた。

何を言っていいのか分からない真咲に、叔父は淡々と続ける。

「その人のどこに惹《ひ》かれたんだかは分からない。でも、自分は気がついたらその人のことしか目に入らなかった。ふざけて何度か告白もした。冗談だと思われて終わりだったけど……。そうこうしてるうちに、その人は他の人のお嫁さんになってしまった」

うっ、と思わず胸がいっぱいになった。いつも適当な感じの叔父にこのような経験があったとは思いもしなかった。

「悔しくて悔しくて、死んでしまおうかという日々が何年も続いた。けど、そんなことしたらその人も悲しむと思ってなんとか思いとどまった。結局、そのあといろいろあって、その人は独り身に戻ったんだ」

母曰《いわ》くモテるらしいのに未だに独身の叔父。その華やかな外見の下に秘められた深い澱《おり》のような愛情を垣間《かいま》見て、真咲は少しだけ戦慄した。

「で、その人とはどうなったの……？」

恐る恐る尋ねる。できれば上手くいっていてほしい、と心から願う。

すると叔父は、フッと目を細めて笑って、それからマグカップの中へと視線を落とした。

「どうなるかはまだよく分からないな。だけど、今叔父さんはその人のそばにいることができて、何よりも嬉しい。相変わらず、想いは通じてないけど……。それにお互いだいぶ年食ったけど、それでもやっぱり変わらないものもあるな」

まだ分からない、との返答に少なからずがっかりした。でもなんとなく叔父は幸せなんだな、とその柔らかな笑顔を見れば想像がつく。どんな人が相手なのかは分からないけれど、男前の叔父にここまで惚れられるとは、その女の人もまんざらじゃないだろう。

「だから真咲。ずっと想い続けていればいいこともあるかもしれない。会わなくなって忘れてしまえるならそれでもいいだろう。だけど今もしその人のことがそんなに好きなら、焦って忘れる必要なんかない。やがて時間が解決してくれる。本当に好きなら、きっと向こうもそんな想いに気づくはずだ」

叔父の言葉で、ふと真咲は考えた。

いつか自分も大人になったら、行成のことを忘れてしまうのだろうか。あの夏休みの日々も、一緒に見た野球の試合でのきらめきも、初めて会ったとき泥だらけになりながら犬を捕まえてくれたことも、すべてを思い出せなくなる日が来るのだろうか。

そんなのはイヤだ、と手にしたカップを両手で握りしめる。今も辛いがどちらがマシかなんて分からない。まだ白い湯気をのぼらせているホットチョコレートの水面を睨んでいると、何故だか涙が溢れてきそうになった。

俯く真咲の後頭部に手を伸ばすと、叔父は真咲の細い髪を梳《す》きながら言った。

「それに……、お前は将来絶対に美人になるから、もっと自信持て」

いきなり何を言い出すのだろうか。急に話の方向性を変えられ、真咲は顔をかぁっと赤くした。

そんな真咲を見て、叔父はにやにやと相好を崩した。

「何人もの女の子を見てきた叔父さんが言うんだから間違いない。それに、お母さんの娘なんだから可愛くならないわけがない」

「でも、昔お父さんにそっくりだって……」

母親は今でこそ疲れておばさんっぽくなっているものの、整っていてそれでいて親しみやすい顔立ちで、若い頃は密かに異性に人気だった、そんな話を聞いたことがある。

それに比べ自分は父親に似て男顔で、女の子らしい可愛げなどないに等しい。叔父も以前自分を父親似だと言っていたはずだが……。

叔父はフフンと鼻を鳴らすと、梳いていた真咲の髪をぐしゃぐしゃと掻き混ぜた。

「女の子とはそういうもんだ。最初はお父さんに似てても、成長すると母親に近づいてくるんだよ。お前の場合二つがどんなふうに混ざるのか、将来が楽しみっていうか、怖いぐらいだな」

変な理屈だと思ったが、上手く返すこともできず真咲は再び黙り込んだ。

ふぅ、と軽く息をはく。すると、心を締めつけていたもう一つの心配事が、息を吹き返してきた。

「あと……、もういっこ相談なんだけど」

着ていた上着のポケットへ手を突っ込む。天久から奪い返した模造紙の感触が指に当たる。

「こんなのが、今日机の中に入ってた」

がさ、という音を立てながら、中に入っていた手紙を取り出して叔父に差し出す。

叔父はぐちゃぐちゃに丸まったそれの皺《しわ》を伸ばして中身を見ると、冷静な表情で「ふーん」と呟いた。

「あっ！」

真咲は思わず声を上げた。叔父が何も言わず紙をビリビリに破り出したのだ。

突然の行動に茫然となって叔父を見返す。叔父は最後の一片をこれ以上小さくなりようがないぐらい細かく千切ると、それを灰皿の上に綺麗に載せた。

「これを書いた奴は、こうすること以外できない弱虫だ。だから、お前がこんなものにビビる必要なんか少しもない。せいぜい、『アホなことしてるな』って哀れんでやればいいさ」

確かにそれはそのとおりかもしれない。もしも本当に自分を殺したいぐらい憎んでいるのなら、こんな手紙なんか書かないで、面と向かって文句を言いに来ればいい。

それでも、とまだ不安の残る真咲の心を見透かしたのか、、叔父は笑ってライターを取り出した。

シュッと微かな音がして、灰皿の上の紙に火が点けられる。ゆらゆら立ち上る煙を見ながら、心が少しずつ落ち着きを取り戻していくのを感じた。

「なぁ真咲、お前最近笑ってるか？」

叔父は真咲の顔を正面から見つめ、真剣な眼差しで聞いてきた。

真咲が「さぁ……」と首を傾げると、その右頬を軽くつねりながら言った。

「不運はな、下向いて暗い顔してるやつに来るんだよ。前を向いて笑っている人間には絶対来ない。だから、無理矢理でもいいから笑顔を作ってみろ」

真咲はハッと気がついた。放課後の教室で、天久が「お前学校ではいつもブスッとしてる」と言っていたではないか。もしかしたら、そんなふうだからこうやって謂れもない中傷《ちゅうしょう》を受けてしまったのかもしれない。明るくて朗《ほが》らかな人間が他人に嫌な印象を与えることはまずない。だから、笑顔が大切だと叔父は言いたいのかもしれない。

頬を引っ張られながら不器用に笑うと、叔父も満足そうににんまりと目尻を下げた。

「そうだ、その調子だ」

真咲の頭をもう一度乱暴に撫でる。髪はすっかりぼさぼさになってしまったが、それを直そうとは思わなかった。

（明日、学校に行ったら、笑って「おはよう」ってみんなに言ってみよう。最初は気持ち悪がられるかもしれないけど、でもきっと大丈夫だ――）

天久にも、先生にも、女の子にも、男の子にも。自分をくすくすと陰で笑っているという、あのリーダー格の女の子にも。顔を合わせた全員にするんだ。

真咲はそう心に決めて床《とこ》に就《つ》く。

次の日いつもより早めに起きて登校すると、校門の手前で天久とその妹のきららに会った。

「あっ……、おはよう」

少しぎこちなくも笑顔で挨拶をすると、天久は最初は明らかに戸惑っていた。だが、きららが「まさきちゃん、おはよう！」と元気良く返してきたので、その後は気まずい雰囲気にもならず、普通の話をしながら教室へと向かった。まずは第一関門クリアだ。

教室に入ると、部屋の後ろにたむろしていた男子、おとなしく本を読んでいた女子、すれちがったそれぞれみんなに「おはよう」と言った。特に驚かれることもなく、真咲の後ろの席の女子などはそれをきっかけに、「ねぇ、ちょっと教えてほしいんだけど……」と宿題の一ページを広げながら尋ねてきた。

教えながらちら、とリーダー格の女子である関根瑠奈の席を窺う。まだ来てはいないようだった。

大丈夫だ、いける、と真咲は確かな手応えを感じて拳を握りしめた。顔も言葉もキツい瑠奈に挨拶をするのはちょっと勇気がいるけれど、これなら、きっと上手くいく。

やがて授業開始のチャイムが鳴る。だが瑠奈の席はまだ空のままだ。「ぜったい挨拶するぞ！」と息巻いていた真咲は少し拍子抜けしてしまった。

だが結局、瑠奈はその日を境に学校へしばらく現れることはなかった。

転機

「えー、関根さんは今日もお休みです」

朝の会で出欠を取っているときに、担任の女性教師がそう口にした。

今日で何日目だろうか。相変わらず、特に理由は言わない。でもそれを告げた途端、教室の中が少しざわついた気がした。

（しつこい風邪かなぁ）

そう真咲は勝手に思っていたが、もともとあまり仲良くもないので、特に周りに尋ねたりはしなかった。

真咲は机の引き出しの中に手を突っ込んで、中に何もないことを確認する。結局、真咲に手紙を送りつけた主は、あれからなんの行動を起こすでもなく、真咲はいつもどおりの日々を過ごしていた。

瑠奈が学校に来ないのは気になるが……。でも真咲が手紙を受け取ったのと、瑠奈が休みに入ったのが重なってしまったのは偶然だろう。瑠奈は気こそ強そうに見えるが、ああいった陰湿な真似をするタイプには思えない。どちらかというと、気に入らない人間は無視するだけの気がする。

自分も風邪には気をつけなきゃな、と真咲は大まじめに考えていた。

次の日学校へ時間ギリギリに登校すると、一週間ぶりに瑠奈が教室の窓際にある自席に着いていていた。

肩までの髪を左右に垂らし、溜まっていたプリント類を見ながらしかめっ面をしていた。傍目には休む前と同じように見えたが……。

（あれ……、なんだかおかしい）

いつもは休み時間や授業の前などは、瑠奈の周りには何人かの取り巻きがいたはずだが、今日は誰も話しかけていない。

しかも久々に登校したというのに、みんな心配ではないのだろうか。

ここは敢えて自分が挨拶しに行ってみようかと瑠奈の席に近寄った。だが、そのすぐあとに担任が教室へ現れて、真咲は追い立てられるようにして自分の席へと座らざるを得なかった。

その日の五時間目の理科の授業は、理科室で実験を行うため、クラス全員で教室移動をすることになった。なんとなく気になって瑠奈の方を見た。

瑠奈は一応いつもつるんでいた女の子のあとにくっついてはいたが、あまり話が弾んでいる様子はなかった。

「真咲ちゃん、どうしたの？」

「あ……、ううん……ごめん。なんでもない」

クラス委員の子に尋ねられ、慌てて目線を逸らす。真咲は置いていかれないように教科書とノートを手にすると、ひょこひょこと教室を後にした。

それからというものの、瑠奈は教室の中でもひとりで過ごすことが多くなり、そのうち、教室移動もひとりでするようになってしまった。

ついこの前まではクラスの中心にいたのに、今は完全に孤立している。

(何があったんだろう……)

放課後、そんなことを考えつつ図書室で勉強していると、途中で愛実が現れて真咲の隣に座った。

下校時間ぎりぎりまで一緒に勉強して、当然のように連れ立って帰る。今まで友達らしい友達のいなかった真咲だが、愛実のことは友人と呼んでもいい気がする。

愛実の最近の恋バナを一方的に聞かされたあと、真咲は切り出した。

「そういえばさ、うちのクラスの瑠奈ちゃんなんだけど、最近なんか元気がないんだよね。なんでかな、知ってる？」

「えっ、真咲ちゃん、知らないの？」

愛実が驚きに目を円くする。その反応に、聞いた真咲の方がビックリしてしまった。

知らない、と素直に答えると、愛実は少し声を低くして言った。

「瑠奈ちゃんって、議員さんの秘書の子供なんだって。それで、そのお父さんが、この前なんか悪いことして警察に捕まったんだよ」

ニュースでもやってたよ、と愛実が付け加える。確かにそんなようなニュースをここ最近見た気もするが……、でもそれがまさか同級生の身内だとは考えもしなかった。

そのような深刻なことが真相とは思いもせず、どう返していいか戸惑う真咲に、愛実は苦々《にが》しく顔を歪めた。

「あの子……、私三、四年のとき同じクラスだったけど、意地悪だったし、キツいし、人の着てる服パクるしで、嫌いだったんだよね」

「服パクる？」

『着てる服をパクる』というのがどういう状況か分からず、真咲は聞き返す。よもや忍術でも使ったわけではあるまいが……。

神妙な顔をして愛実が頷く。

「そう。私がママにやっとお願いして買ってもらったコート、学校に着てったら、瑠奈ちゃんに『それどこの？　かわいいね～』って聞かれたのね。別に隠すようなことでもなかったから教えてあげたら、ぴったり同じの買って着てきたんだ。で、『愛実ちゃんがマネした』って他の子に言いふらして、私、その服学校に着てこられなくなっちゃった」

お気に入りだったのに……と悔しそうに下を向いた。唇が小きざみに震えている。

まぁまぁ、と真咲は宥《なだ》める。瑠奈のやり方は褒められないにしろ、それだけ愛実のセンスが良かったとも言えるのではないだろうか。しかしやられた方の愛実の怒りは相当根深いらしい。

「ちょっとお父さんがエラいからっていいばってたから、いい気味だよ。少しは反省してほしいよ」

そう吐き捨てる愛実の気持ちも分からなくもない。けれども、あそこまで周りが態度を変えるほどのことなのだろうか、と真咲は判断に迷った。


『夜八時まで診察』と看板に書かれた歯科医院の前で、真咲と愛実は立ち止まる。いつもここから先は別々の道だ。

「そういえば日曜の模試、受ける？」

愛実に尋ねられ、真咲は「うん」と首を縦に振った。そういえば、先月模試の申し込みをしたところだった。愛実に言われなければすっかり忘れるところだった。

愛実はにっこりと笑顔を作ると、真咲の手を両手で握った。

「よかったぁ。それじゃ、さ。一緒に行こうよ。朝九時に駅で待ち合わせね」

「分かった」と答えると、愛実は指切りげんまん、と小指同士を絡ませた。

ばいばい、とお互い手を振って別れる。愛実はランドセルにたくさん付けたキーホルダーをがちゃがちゃ言わせながら跳ぶように帰っていった。

微笑を引っ込めたあと、真咲は再び歩き出した。十一月に入ってから、急に風が冷たくなってきた気がする。

五、六歩足を進めたところで、突如後ろからドン、と肩を押された。

「まーさーきーくん！」

つんのめりそうになってから、驚いて振り向く。するとそこにいたのは……

「ユキナリ……」

この辺だとアパートが近いから偶然会うのもさほどおかしなことではない。だけど、いきなり声を掛けられるとやっぱりびっくりしてしまう。

今日の行成は、どこかに出掛けてきたのか、いつもよりちょっとしゃんとした服を着ている。シャツの上に羽織っているカーディガンには毛玉がないし、下に穿いているジーンズもいつものはき古したものではなく、少し細身で色の濃いものだ。

あんぐりと顔を見上げていると、行成はにやにやと笑いながら、真咲の首に腕を回し、その顔を急に近づけてきた。

「なに、今の子。彼女？　お前、人見知りのくせにちゃっかり彼女作るとか、やるなぁ。どっちから告白したんだよ」

そう言って真咲の脇を小突く。どうも、愛実と一緒にいるところを見られていたらしい。真咲は即座に否定する。

「え？　違うよ。さっきの子も私立中受験組だから、今度一緒に模試受けるだけ……」

「そんな、ごまかすなって。なんか手とか握って超仲良さそうだったじゃんか。あれでただの友達とかねーべ」

完全に誤解してしまっている。行成は、自分よりうんと年下の子供の恋愛ごっこを目撃し、それをからかうのが楽しくてしようがないといった感じである。

だけど、実際愛実とは本当にただの友達だし（同性なので当たり前だが）、自分が好きなのは……、まさかこんなところで言えるはずもないけれど。それよりも、そんなにくっついてこないでほしい。何故だか緊張して、体中が指先のほうまで痺れてくる。

恥ずかしさとやりきれなさにしろどもどろになっていると、行成はそれを照れていると勘違いしたのか、ますます目を細めて真咲に尋ねた。

「やっぱ今の子って進んでんの？　もうチューとかした？」

カッとなって言い返す。

「だから違うってば！」

振り切るようにして出した声は、思いがけず大きく周囲に響いた。

行成の顔から急に冷やかすような雰囲気が消える。同時に、気まずい空気がふたりの間を流れた。

「……なんだよ、そんなに大声出すなよ」

行成が真咲からゆっくりと腕を外して離れていく。

真咲はごめん、と聞き取れないぐらい小さな声で呟いて俯いた。とぼとぼ歩き出すと、その隣を行成も同じスピードで付いてきた。

しばらく無言のままでいたが、行成が言いたいことを思い出したのか、話を振ってきた。

「そういやお前、この前何であんなふうにいきなり帰ったんだよ」

この前、とはトイレの前で行成の彼女らしき人に詰め寄られ、そのまま逃げ帰ったときのことだろう。……あのときのことは、できればあまり掘り返したくない。

「なんでって、別に……」

言葉を濁す真咲に、行成は不服そうに続けた。

「梓《あずさ》がすげーショック受けてたぞ。『私、何か悪いことしたかな？』って」

一瞬誰のことか分からなかったが、梓というのが彼女の名前なのだろう。

知りたくもないことだったが、その思いとは裏腹に、しっかりと記憶に刻まれてしまった。

あずさ……。色っぽくてキレイで、ちょっと怖い感じのあの人にはぴったりだ。真咲は唇を噛みしめた。

「まー、でも、あいつかわいすぎるから、いきなりあんなこと言われてもビビるよな」

自分の彼女に向かって「かわいすぎる」とはえらく過剰な褒め言葉だ。思わぬ方向からのろけを聞かされ、胸がじりじりと拗《ねじ》れていく。

「……ユキナリこそ、いつの間にあの人と仲良くなったの」

ずっと疑問に思っていたことを聞くと、行成は少し嬉しそうに声を弾ませて答えた。

「あー、ほら、この前お前と野球見に行ったとき、『今度は一緒に行こう』って言ってただろ。で、あのあと何回か他のメンバー交えたり、ふたりでまた見に行ったりしたんだわ。それで、こっちも向こうもフリーだったから、付き合おっかって話になって……」

なんてことだ、と真咲は内心愕然とした。きっかけはあのとき自分と野球を見に行ったことだったらしい。

就職のみならず彼の恋まで手助けしてしまったことを知った真咲は、足をふらつかせながらも動揺を気取《けど》られまいとした。

「そっか、よかったね……」

真咲が力なくそう返すと、行成は今までに見たことがないくらいの緩みきった笑顔になった。

「実はさっきクリスマスプレゼントの下見に行ってきたんだ。やっぱ女の子にはアクセサリーかなって思ったんだけど、いまいち決め手に欠けるっつーか。他になんかいいアイデアある？」

小学生にそんなことを聞かれても分かるはずがない。この人はひょっとしてアホなんじゃないだろうか。

叔父さんに言われたことが頭をよぎる。自分の恋を、「そんなに好きなら諦める必要はない」と。

だけど隣のちょっと上の方にあるヘラヘラと締まりのない顔を見ると、やっぱりこの人はやめておいた方がいいんじゃないかな、と、そんな思いが湧き起こってきた。


吹きさらしのアパートの階段を上る。自分の部屋の前に、トレンチ風のコートを着た女子が俯いて佇んでいた。

足音が聞こえたのか、長い髪を揺らして彼女が振り向く。梓だ。今日はうちに来る予定もなかったし、特に今まで連絡もなかったのだが……。

「どうしたの？　なんか用？」

尋ねると梓は艶《つや》のある髪を揺らして、かすかに首を振った。

「ううん、別にどうも……。ちょっと近くまで来たから」

「あっ、そう。まぁいいけど。あんま遅くなると電車混まない？」

梓はその問いかけに答えず、ポケットに突っ込んでいた手を出して、指先に息をはーっと吹きかけながら言った。

「今までどこ行ってたの？」

それは……、彼女にだけは絶対内緒だ。どうせなら、プレゼントを渡すまで秘密にしておいてびっくりさせたい。と言っても、まだ下見段階で何を買うか決定に至ってはいないが。行成は曖昧に誤魔化した。

「え……、まぁ、ちょっと駅前とかプラプラしてた」

「待ってるあいだ結構寒かったよ。合鍵とかないの？」

梓の疑問に、「そういえばあれどこ行ったんだっけ」と記憶を辿った。そうして合鍵は昔の彼女に渡し、別れて以来戻ってきていないことを思い出し、しらばっくれることにした。

「一個あったんだけどなくしたんだよなー。どうせあとちょっとで引っ越しだし、いらないだろ」

「でも……」

「ってかさ、来る前に電話なりなんなりすれば済む話じゃないの？　ひとりでウチに来たって、することないだろ」

気まずい思いを正論で固めながら、立て付けの悪いドアを開ける。立ったまま靴を脱いでいると、斜め後ろから低い声が聞こえた。

「……あの子のことはすぐ家に入れるくせに」

「え、俺んち誰か来てたっけ」

「あの……、小学生の、かわいい子」

（かわいい子？）

一瞬誰のことか分からなかったが、梓が知っている自分の知り合いで小学生と言ったらさっきそこで別れた奴しかいないだろう。

しかし何故梓はそんなことを持ち出してきたのか。梓は自分の彼女で、対してあいつはただの近所の小学生だ。そんなのにやきもちを焼くような立場ではない気がする。

「あー、あいつが来るのは夏休みの名残だよ。あんときに比べたら今はあんまり来なくなったし」

弁明するものの梓は相変わらず冴えない表情を浮かべている。これ以上合鍵の話を引っ張りたくない行成は、多少強引に話題を転換させた。

「そういやさっき、そこであいつに会ったんだけどさ」

「あいつって？」

「マサキだよ。あいつ、女の子となんかすげぇイチャイチャしてた。なんかさ、ガキのくせにマセてるよな」

「へー……」

「やっぱおとなしくても美少年はモテんだな。『違う』って言ってたけど、あれ絶対彼女だと俺思うわ」

真っ赤になって否定していた横顔を思い出す。あんなに恥ずかしがらなくてもいいのに。まぁ、まだ子供だらか仕方ないか。その手の相談してくるならいくらでも聞いてやるのになぁ……と幼い恋心を想像して面白がる反面、ずっと懐いていた子供が少しずつ自分の手から離れていっていることに、少しだけ感傷も覚えた。

「私も、付き合ってるとかじゃないと思うけど……」

何故か棘《とげ》のある梓の口調に、行成は首を傾げた。

「えー？　でも手ぇ繋いでたりしてたぜ？」

「……なんで気づかないの？」

テーブルの前に腰を下ろした梓の顔を覗き込むと、その眉間には深い皺が寄っていた。だが梓の言わんとすることが掴めない行成は、「何が?」と間が抜けた声で質問返しをするしかできなかった。

少し離れた街のビルの一室を借りて行われた模試が終わり、真咲は別室で受験をしていた愛実と落ち合い、駅までの道をのんびりと歩いていた。

愛実が「ちょっと難しかったね」とため息をついて問題を振り返る。真咲としてはさほどいつもと手応えに変わりはなかったが、とりあえず「そうだね」と愛実に合わせた。

「社会の、四大公害病どーとかの答え、あれなんだった?」

「えー……と、カドミウムかな?」

真咲が答えると、愛実はゲッと顔をしかめた。

「やばい、間違えたかも……。あーぁ、今回七十点いかないかなぁ……」

しばし暗い顔をしていた愛実だが、駅前の商業ビルにさしかかると「あ、私見てみたいのがあったんだよねー」と言って真咲をそちらに引っ張り込んだ。

ビルに入ると、ティーン向けのファションブランドがそろった階で、愛実は冬物を興味深げに手に取っていた。さすがに従姉妹や姉など、年長者に囲まれているだけある。彼女の選ぶ服は可愛らしいだけでなくちょっと今風のスパイスが利いたものばかりで、「この子は勉強するよりもこっち方面に進んだ方がいいんじゃないかな」と真咲は余計なお世話ながら思った。

愛実の気が済んだところでビルを出て、電車に乗って地元へと帰る。もう秋も終盤だから暗くなるのが早い。改札を出て商店街を抜けたところで愛実はふと歩みを止めた。

「あ、あれ関根じゃん」

真咲もつられて愛実の視線を追う。駅前の「安いが質もそれなり」という噂のスーパーから、同級生の関根瑠奈が出てくるところだった。

瑠奈は両手に大きなスーパーの袋を抱えていた。おつかいだろうか。偉いな、と真咲は感心していたが、愛実は「けっ」と顔をしかめた。

「あいつ、家にお手伝いさんがいるからおつかいなんてしたことないって自慢してたくせに、あれってどうみてもおつかいじゃんね」

どうも愛実は本気で瑠奈のことが嫌いらしい。そこまで言わなくても……と思っていると、瑠奈が持っていた袋の中から、玉ねぎやじゃがいもなどがころころとこぼれ落ちた。

慌てて拾おうとしているが、重そうな袋を抱えているからうまくいかない。やっとのことで全部集め終わったが、入れた傍《そば》からまた一つ、二つと逃げていくのが見えた。

真咲がそちらの方に一歩踏み出す。その瞬間、愛実にぎゅっと腕を取られた。

「やめなよ、ほっときなって」

瑠奈としても見られたくないところかもしれない。だけど、やはり真咲にはそのまま見過ごすことの方が酷だと思われた。

ごめん、と断って愛実を振り切る。足下に転がってきた玉ねぎを掴んで、丸まったままの背中に向かって差し出した。

「はい」

瑠奈がこちらを見上げる。すると、意志の強そうなアーモンド型の目がカッと見開かれ、途端に顔色が赤くなった。

瑠奈は玉ねぎを引ったくるようにして真咲の手から奪うと、乱暴に袋に詰めて早足で駆け出した。

遅れて追いついた愛実が、呆気《あっけ》にとられながらその後ろ姿に向かって呟く。

「何アイツ、せっかく真咲ちゃんが……」

「うん……」

せっかくの厚意をないがしろにされてしまったのは悲しい。けれども、あのような反応をするのには何か深い別の理由がある気がする。

何か忘れものはないかな……と真咲は瑠奈がいなくなった方向を見送った。


「せんせー、半返し縫いがうまくできません」

今日の三、四時間目は家庭科の授業だ。家庭科室で男女問わずクラス全員、各自が思い思いに持参した布で、エプロンを作るべく針をちくちくと走らせている。

家庭科の授業は班で行われるが、席順でもなく出席番号順でもなくランダムに組まれた班なので、真咲は学級委員の子とも天久とも別の班になり、ひとりもくもくと作業を進めていた。

ふと隣の班を見る。瑠奈はやはりひとりで誰とも喋ることなく針を操《あやつ》っていた。ついこの前までは、同じ班の女の子と笑いながら型紙を切ったりしていたはずなのに。

それでも、瑠奈は一生懸命作業をしていた。この状況を悲しんでいるようにも、怒っているようにも見えない。ただひたすら目の前のことに集中して取り組んでいた。

「きゃーっ、ここ裏表逆じゃん！」

瑠奈と以前つるんでいた女子が教室のどこかでそう叫んだ。いつもだったら流せたはずの嬌声《きょうせい》だが、今日はなぜか気に障《さわ》った。

（うるさいな……）

そう思ったのと同時ぐらいに、布の中を泳いでいたはずの針が、急に変なところで止まった。

「痛っ！」

真咲は小さく声を上げた。見ると、左手の親指の先から、ぷっくりと血が溢れ出している。

「鳴原、大丈夫か？」

後ろの班で作業をしていたの天久から声を掛けられ、慌てて自分も振り返る。

「どうした？」

「いや、ちょっとボーッとしてたら針刺しちゃって……」

「何やってんだよ。集中しろよ」

「はは……」

笑ってごまかす。「しっかりしている」のがウリの自分なのに、らしくないことをしてしまった。

血の出ている親指を見つめていると「保健室いくか？」と尋ねられたので、「ううん、これくらいなら舐めときゃ治るよ」と首を振って返す。

「お前……、案外図太いんだな」

呆れた声で天久が言うが、これでもこっちに来る前までは野山を駆けずり回っていた身だ。擦り傷、切り傷などは体中にあったし、こんなの、怪我のうちにも入らない。元野生児をなめてもらっちゃ困る。真咲はそう思った。


その二日後の放課後、いつものように図書室で一応参考書などを拡げていた真咲だったが、何故かその日は勉強に身が入らず、下校時間になる前に切り上げることにした。

今日は愛実も現れなかった。彼女の方は塾がある日なのかもしれない。

帰る前に、と真咲は自分のクラスへ戻ることにした。四階にある教室からは街の様子がよく見渡せ、そこから見える夕暮れ前の景色が真咲は好きだった。

ぺたぺたと廊下を歩いて、教室のドアを開けようとしたところで真咲は思わず止まった。

(中に、誰かいる)

おそるおそるドアの小窓から覗くと、そこにいるのは関根瑠奈だった。

何をしているか、つま先を伸ばして目を凝らす。

瑠奈は、家庭科の課題であるエプロンの肩紐を縫っていた。でもそれだと辻褄《つじつま》が合わない。たしかおとといの授業では、瑠奈は休んだところの遅れを取り戻すべくかなり真剣に打ち込んでいた。その甲斐《かい》あってか、作業はほとんど周りの児童と変わりないところまで進んでいた。しかし今教室の中にいる瑠奈は、もうとっくに終わっているはずの作業を行っている。

窓際の席に座っている瑠奈は、ときどき目頭を押さえながら手元で布を繰っていた。

（泣いてる……のかな）

瑠奈の涙と、やり直しを迫られたエプロン作り。この二つが意味することとは——

（ひどい）

真咲は思わず拳を握りしめた。

（そこまですること、ないじゃん）

きっと、誰かに完成間近のエプロンをダメにされたに違いない。

確かに彼女の父親は悪いことをしたのだろう。それに、彼女が今まで調子に乗っていたのも事実だろうが、だからといってこんな嫌がらせを受ける理由にはならない。

『やめときなって』

愛実の声が耳に甦る。だけど、今までさんざんちやほやしておいて、都合が悪くなったら手のひらを返す。彼女自身は何も悪いことをしていないのに、そんなのっておかしい。

親の都合で振り回されるのなんて、自分だけで十分だ——

真咲は教室のドアをガラガラと開けると、意を決して瑠奈の方へと向かって歩く。

「あ、あのさ」

瑠奈が驚きながら真咲を見上げる。喉がかさついて声が上擦《うわず》る。

「手伝うよ」

やっとのことでそれだけ言うと、真咲は瑠奈の顔を見て口元を無理矢理つり上げた。

「しぎはら……さん」

瑠奈の気の強そうな上がり眉が、ぐにゃりと歪んで目元が潤み始めた。

眦《まなじり》から大粒の涙が溢れ出す。瑠奈は下を向くと、黒い髪がかかった肩を痛々しく震わせた。

「わ、私になんか関わんない方がいいよ」

そんなことを言われてもこんな場面に出くわしてしまった以上、放っておくことはできない。

黙って瑠奈が落ち着くのを待っていると、彼女は涙まじりの声で続けた。

「あんたまで、ターゲットにされるよ」

「ターゲットって……、他にも何かされたの？」

真咲が反射的に尋ねる。すると、瑠奈はときどきしゃくり上げながら、悲痛な声で答えた。

「下駄箱の中、ゴミ入れられたり……、ジャージとか教科書隠されたり……」

だからか、と思わず納得してしまった。先日駅前で会ったとき、助けてあげたにもかかわらず邪険なあしらいをされてしまった。

多分彼女には、誰も彼もが疑わしく、来るものすべてが自分の敵だと見えていたに違いない。

それにしても、彼女の周りの人間も嫌なことをするものだ。表立って中傷をされるよりよっぽど陰湿で根が暗い。

どうしたらいいんだろう……と思った瞬間、ふとある人の顔が頭に浮かんだ。

今頃あのキツい女の人と一緒にいるかもしれない、ボロアパートに住む大学生。ぼんやりしてる上に約束を守らない人だけど、真咲の心の一番手前にはいつも彼がいて、どんなに邪魔だと思ったたって動かしようがなかった。

（ユキナリ……）

大したことじゃない、じゃなくて、頑張れ、じゃなくて。こういうときあの人ならなんて言うだろうか。

いつも自分を勇気づける一言を、びっくりするくらいなんでもないことのように、丁度いい温かさでくれるあの人なら、どんな言葉を掛けてあげるだろうか。

考えた挙げ句、口から突いて出たのはこんな単純なものだった。

「……辛かったね」

きっと、大変だったろう。今まで仲の良かった人間に裏切られ、誰にも言えず、それでも気丈に振る舞うのは並大抵の苦労じゃないだろう。

真咲がそう口にすると、瑠奈は一瞬声を詰まらせて、その後大声を上げて泣き出してしまった。

あんまり大げさに泣くものだから、真咲は「下手なこと言っちゃったかな」と戸惑った。とりあえずエプロンで涙を拭き出しかねない勢いだったので、手洗い用に持ち歩いているフェイスタオルを差し出すと、瑠奈は「ありがとう」と呟いて受け取った。

「瑠奈ちゃん」

「……何」

「別に、自分は今さらどんなふうに思われたっていいからさ。そいつらに、思い知らせてやろうよ。『こんなことぐらいで、勝った気になるなよ』って。『関根瑠奈をなめんなよ』って」

ほんの少し前まで、瑠奈は女王様然としてクラスに君臨していた。それが、こんな弱々しい表情を見せるなんて似合わない。できれば、以前のように気に食わないものは気に食わない、といった態度でいてほしい。

それに、こんなねちっこい苛《いじ》めをする奴が、クラス内にのさばっているかもしれないなんて嫌だ。だったら、多少勝手なところはあるかもしれないが、瑠奈がトップでいたときの方がずっといい。

「……それで、今日は早く帰って美味しいもの食べて、お笑い番組でも見てからゆっくりお風呂に入って寝ようよ」

真咲がそう付け加えると、瑠奈はまだ潤んでいる瞳を訝しげにひそめ、鼻をズッと豪快に啜った。

「アンタって、案外おもしろいこと言うよね」

「そうかな？」

いいことを言ったつもりだった真咲は、その反応にがっかりした。

だけど瑠奈が気を取り直したように「じゃ、ポケット縫ってもらっていいかな」と言ったので、真咲は「まぁいいか」と水に流した。

真咲は瑠奈の前の席の机に腰掛けると、彼女を見下ろしながらときどき指示を仰いだ。

「ねぇ、ここって並縫い？　本返し縫い？」

「いや、ここは見えたら良くないところだから、まつり縫いだって」

「あ、そうか。で、まつり縫いってどうやってやるんだっけ」

「だから、こう……」

勉強はよくできる真咲だが、実のところその他の教科は並に毛が生えた程度だった。

それに比べると、瑠奈は女の子らしく裁縫が得意なようだ。分からないところを聞くと、先生よりもよっぽど分かりやすく教えてくれた。

「へー……、これでいい？」

「そうだね、そんな感じ」

一回コツを掴めば後は早かった。時折言葉を交わしながら、ふたりで着々と針を進めていった。


『——校舎に残っているみなさん、帰りの時間です。後片づけをして、学校を出る準備をしましょう』

教室のスピーカーから、七十年代の音楽をバックにたどたどしいアナウンスが鳴り響いた。下校の時刻だ。

真咲はキリのいいところで玉留めを作って、糸切り鋏《ばさみ》を裁縫箱の中から探した。

「やっぱ、全部は終わんなかったね」

続きは明日やろう、またイタズラされると嫌だから今日は持って帰った方が、などと言い合いながら後片づけをしていると、突如教室の後ろのドアが開いた。

「鳴原！」

いきなり名前を呼ばれ、驚いて振り返る。

「……と、関根か。何やってんだ？　もう下校の時間すぎてっぞ」

声の主は天久で、窓際の真咲の方まで来たとき、彼はジャージ姿で軽く息を弾ませていた。

「天久くんこそ、こんな時間まで残ってんの？」

話を逸らすべく逆に質問を返す。すると、天久は「ああ」と前置いてから答えた。

「俺は来月マラソン大会があるから、それの練習」

「へー、部活かぁ。大変だね」

「バカ、うちの学校陸上部ねーだろ。今関《いまぜき》に出てくれって頼まれたんだよ」

今関、とは下の学年の担任で、主に体育を担当している教師の名前だ。

あいつ勝手に人の名前エントリーしやがって……などと天久が愚痴を始める。しかしそれだけ彼には素質があるということだろう。「頑張ってね」とありがちな言葉を掛けると、「お前、適当すぎ」などと憎まれ口で返された。

それまでふたりのやりとりを座って聞いていた瑠奈が尋ねる。下の名前を呼び捨てとは随分親しいんだな、と思ったが、よくよく考えてみれば、同じクラスの人間で彼のことを「君」付けしているのは自分も含めて数名しかいないことに気がついた。

「昴、忘れ物？」

天久は首を振る。

「いや、外から見て教室に電気点いてんなーって気になって」

「とか言って、ホントは下から鳴原さんがいるの見えたとか？」

瑠奈がからかうと、天久の顔が一瞬で赤くなった。

「ハァ？　お前、俺がこんな男みてーなの気にかけると思うか⁉」

「あ、そうなの。いいの？　そんなに強がっちゃって。こう見えて、この子意外にモテんだよ？　ねぇ？」

「いや、そんなことは……」

急に話を振られ、真咲は即座に否定した。

瑠奈はニヤニヤと意味ありげに笑いつつ、荷物を鞄に詰め込んで立ち上がった。

「とぼけちゃって。実は私知ってるよ」

なんのことか見当もつかない真咲に、瑠奈は顔を寄せて、声を少しだけ潜《ひそ》めた。

「アンタ、こないだラブレターもらってなかった？」

「え？」

「私、ちょっと前に机の中に手紙に入れてる奴見たんだから。ホント、そんなナリして意外にやるよね」

それはもしかして……、と嫌な記憶が脳内に甦る。机の中に手紙が入っていたのは事実だけれど、それはラブレターなんて可愛らしいものではなかった。

一体誰が……。気にはなるけど確かめる勇気はない。代わりに天久が切羽詰まった様子で瑠奈に尋ねる。

「関根、それっていつだ」

もともと天久に聞こえてることは予想していたのだろう。瑠奈はあっさりと答えた。

「えーと、私がお休みに入るちょっと前ぐらい、だから先月？」

「先月……」

天久の表情が一気に硬直する。

天久は瑠奈の前に立ちふさがると、瑠奈を睨みつけながら低く言った。真咲は自分のことながら、ふたりのなりゆきにハラハラするしかできなかった。

「誰がやってたんだ」

「え……、それは……。ってか、あれってアンタがやらせたんじゃ……」

「はぁ!?」

あまりの剣幕に、瑠奈が逃げ出そうとする。

が、天久はその手を咄嗟《とっさ》に掴むと、有無を言わせぬ凄味《すごみ》のある口調で告げた。

「誰なのか言えよ。……言わねーと、お前この前の花火大会のときのこと担任にチクるぞ」

よっぽど知られたくないことだったのか、瑠奈はビクッと肩を震わせると観念したように俯いて、か細い声で呟いた。

「隣のクラスの小島《こじま》くん……」

天久が、傍目《はため》にも分かるくらいに動揺したのが見て取れた。

瑠奈が口にした名前。それは、天久と一番親しいとされている男子のものだったからだ。

「……くそ！」

ドン、と鈍い音が振動と共に響く。それが、天久が目の前の机を拳で叩きつけた音だと気づくと、真咲は体の芯から凍えていく感覚にとらわれた。

天久が挨拶もせずに踵を返した。瑠奈は慌てて呼び止めた。

「ちょっ、昴、いきなりどうしたの⁉」

「付いてくんな‼」

背中越しに一喝《いっかつ》され、瑠奈は怯えたようにその身を硬直させた。

ずんずんと大きな足取りで天久が教室から出ていく。真咲と瑠奈は、しばらく呆然と見送ることしかできなかった。

(付いてくるな、って言われても……)

怒りに満ちた形相。もともと怒りっぽい天久だが、あれほど逆上したところは見たことがない。

何故か分からないが嫌な予感がする。天久をこのまま放っておいてはいけない。

「瑠奈ちゃん、行こう!」

真咲は固まったままの腕を引っ張ると、自らのランドセルを背負って、天久の後を追った。

来るな、と言われた手前、一定の距離を保って尾行をする。もしかしたらつけられているのは天久もとっくに気づいているのかもしれないが、彼は一向に歩みを止める気配はない。

ジャージ上下に斜めがけの鞄を重そうに抱えている天久は足取りも荒く、その後ろ姿だけでも殺気立っているのが伝わってくる。

「どうしたの、アイツ……」

電柱の陰から窺いながら瑠奈が呟く。瑠奈と天久は付き合いが古いのだろう。それだけに、彼のいきなりの変貌には真咲以上に戸惑っているようだ。

真咲が苦々しい思いで答える。

「……机の中に入ってたの、ラブレターじゃなかったんだ」

「えっ？」

瑠奈が目を円くして真咲の顔を振り返った。

真咲は瑠奈を見返すことなく前方を向いたまま、なるべく淡々とした口調で続けた。

「なんか、『死ね』みたいなこと書いてあって、偶然それ天久くんも見ちゃって、なんでか知らないけど天久くんすごい怒り出して……」

真咲はそこで口ごもる。その後『好きだ』と言われて抱きしめられたことは内緒にしておくことにした。

瑠奈は哀れみと驚きの入り混じった目線で真咲を見ると、そのどちらでもない精一杯感情を殺したような声で言った。

「……アンタも、えらい目にあってたんだね……」

「それはまぁ、過ぎたことだし……」

自分はもうなんともない。あの日、叔父に相談したことでこの件に関して自分の中で一応の決着はついている。

「でも……」

若干の焦りと共に真咲は付け加える。

「天久くんの中ではそうじゃないみたいだね」

視線の先に目を凝らす。天久はすれ違う人々をふっ飛ばしそうな勢いで歩いていく。天久はどこへ向かっているのだろう。以前きららを送って行ったときとは反対の方向だから、自宅へ真っ直ぐ帰るつもりでないことは確かだ。

次第に周りの街並みが賑やかになってくる。天久はある店舗の狭い入り口の前にドサッと鞄を投げ捨てると、その店の中へと入っていった。

そこは、子供だけでの出入りが禁じられている古書店の形態を模した娯楽施設だった。

真咲と瑠奈は店の入り口付近に停めてあった車の陰まで移動した。天久の荷物を見張るためと、何かあったらすぐに追いかけるためである。

店の中はどうなっているのかよく分からない。外に掲げられた看板には「マンガ・DVD・カードなど、なんでもお売り下さい！」と書いてあり、その看板の派手な色遣いからは、なんだか弱い者を食ってしまいそうな禍々《まがまが》しいものを感じた。真咲は入ったことがないが、同級生が噂しているところによると中にはゲームセンターのようなコーナーがあり、そこで金銭トラブルを起こす児童がたびたびいることから、学校ではここの施設を自主的に「立ち入り禁止」としていた。

しばらくすると、天久がメガネを掛けた男子を伴って戻ってきた。背は天久よりも大きかったが、体つきは細く、目が糸のようでネズミを思わせる風貌だ。学校で見たことのある顔だが、「なんで自分がこの人に恨まれてしまったんだろう」と首を捻《ひね》らざるを得ないぐらい真咲には馴染みの薄い男子だった。

天久は車の横を通り過ぎるとき、ちらりと隠れているこちらを見た。けれど特に何も言わないまま小島を引き連れて前を通り過ぎた。やはり自分たちが付いてくることは想定していたようだが、特にそれに注意を払うこともしないようだ。

そのまま来た道を引き戻す。しばらく歩くと、人気《ひとけ》の少ない線路下の空き地で歩みを止めた。

大きなコンクリート柱の陰で瑠奈と真咲はふたりの姿を窺う。天久はこちら側に背を向けていて、小島はぽかんとした様子で彼の顔を見返していた。

「お前、なんで呼び出されたか分かってるよな」

天久が低く言った。ガランとした何もない空間のため、あまり大きな声を出していなくてもここまで響いてくる。

言っている意味が分からない、といった表情の小島に、天久が短く付け加える。

「手紙……」

小島の顔からサッと血の色が引いた。それを合図に、天久の体がスッと動いた。

次の瞬間、天久の拳が小島の頬へとめり込んだ。

（あっ！）

メガネが砂利《じゃり》の上に吹っ飛び、ドサッと音がして小島の体が後ろ側へと倒れた。

真咲たちが止めに入るよりも早く、天久がその体の上に馬乗りになる。

「ふざけたマネしやがって！　お前、鳴原がどんだけ傷ついたか分かってんのかよ！」

胸ぐらを掴んで詰め寄る。そのまま体を揺らすが、小島は糸の切れてしまった人形のごとくただ頭を前後に振るだけだった。

「アイツがお前に何かしたのかよ⁉　してねぇよな⁉　あ？　なんとか言えよ！」

そうどやしつけ、更にもう一発腹へとお見舞いした。

「うっ」と苦しそうに呻いて横を向く。こちら向きになった視線からは、すでに生気が消えていた。

真咲は慌てて柱の陰から飛び出すと、もう一回振り上げかけた天久の腕を掴んだ。

「ちょっ、やめなよ、死んじゃうよ！」

「放せよ、お前、こいつのしたこと許せんのかよ！」

「だから、もういいって！　十分気が済んだから……」

泣きそうになりながら、そう懇願する。自分のことがきっかけでこんなことになるなんて望んでない。

無理矢理天久の体を引きはがして立たせると、足下《あしもと》の方から地を這《は》うような声が聞こえてきた。

「昴が悪いんだ……」

見ると小島が頬を押さえながら上半身をずり起こしている。鼻からは一筋の血が流れ、それを見た真咲は、天久は自分とのケンカでは随分手加減をしていたんだと今さらになって思い知らされた。

「あぁ?」と再び食ってかかろうとした天久を真咲が制すると、小島は甲高くしゃくり上げつつ一気に吐き出した。

「ずっとオレらとつるんでたのに……、急にマジメになって、見下すようなことばっか言うから。そいつのことばっか気にかけて、オレらのこと全然どうでもいいみたいにしてっから」

先ほどまで怒り一色だった天久の表情が突然凍りついた。そういえば真咲にも覚えがある。『ロクな大人になんねーぞ』と、天久はいつだったか昼休みにそう言って他クラスの男子を追い払っていた。あの男子が小島だったかまでは定かではないが、あいった言動が天久への反感の元となっていたのではないか。

小島は震える声でなおも続けた。

「オレ、お前がガキの頃から、付いいててやったのに……。お前のせいで、親にも先生にも怒られてばっかだったのに……」

「……っ」

「そいつこそ、昴に何してくれたっていうんだよ……。大したこともしてないくせに、なんで……、なんで……」

ズッと鼻を啜る音がした。男の子が泣いているところなどまじまじと見てはいけないと思い、真咲は目を逸らした。

天久は難しい顔をしたまま黙り込んで何も言わない。誰ひとり言葉を発せないまま、重苦しい沈黙が辺りを包んだ。

頭上の線路を、ゴーッという音と共に電車が通り抜けた。やがてその音も小さくなると、天久は小さく首を振ってから真咲の方を振り返った。

「ティッシュ持ってる？」

「あ……、ない」

真咲が気まずい感じでそう答えると、天久はいつの間にか真咲の後ろに佇んでいた瑠奈の方を見遣《みや》った。

「関根は？」

急に話を振られた瑠奈は戸惑いながらも「あ、あるよ」と言うと、慌ててスカートのポケットをまさぐった。

「はい」

「さんきゅ」

瑠奈からポケットティッシュを受け取ってから、天久はまだぐずっている小島の目の前にしゃがみ込んだ。

何をするのかな……とおっかなびっくり見守っていると、天久は小島の腕を強引に引っぱった。

「ほら、立てよ」

小島が力なく立ち上がる。ふらついたところを、天久は体を寄せて支えた。

そして涙と鼻水と血でぐちゃぐちゃになった小島の顔をティッシュで乱暴に拭うと、足下に落ちていたメガネを拾い上げて彼の耳に掛けてやった。

「俺も……、悪かったよ。バカにしてるつもりじゃなかった」

天久は小島の方を向いているため、どんな顔をしているかは分からない。でも、なんとなく気恥ずかしそうな声だと真咲は感じた。

呆気にとられる真咲と瑠奈の方を天久が振り向く。そして俯いている小島を親指で指し示しながら言った。

「あいつ、あのツラですぐに帰れねーだろ。ちょっと寄り道すっから、お前ら先帰ってろ」

「もう、殴ったりしない……？」

恐る恐る真咲が尋ねると、天久はきららとそっくりな顔で笑った。

「んなことしねーよ」

普段と変わらないその調子に真咲はほっと胸を撫で下ろした。

瑠奈に「行こうよ」と服を引っ張られ、真咲はその場を後にした。

しばらくしてから後ろを振り返ってみたが、ふたりの姿はすでにそこになかった。


次の日の放課後、約束どおり真咲は瑠奈のエプロン作りを手伝っていた。

何回か手に針を刺しながらも作業をしていると、瑠奈は「どうしたの、何かあった？」と真咲を気遣った。

真咲は一旦手を休めて俯いた。

「何かってわけじゃないんだけど……」

「何？」

「天久くん、小島くんと仲直りできたかなぁ……」

今日の朝、登校すると天久は珍しくまだ学校に来ていなかった。ギリギリになって姿を現したが、真咲の方へは話しかけるどころか見向きもしなかった。

その後、休み時間は早々に姿を消し、給食の時間は周りに他の者がいるため込み入った話もできず、結局あの後どうなったのか、真咲には全く知らされず終《じま》いだった。

「どうだろう……。結構本気で殴ってたし、昴の方も本心ではまだ許してないかもしれないしね」

肩を落とした真咲に、瑠奈は大人びた口調で付け加える。

「……でも、そんなことアンタが気にしたってしょうがないじゃない」

「それは、そうなんだけどさ……」

確かに瑠奈の言うとおりだ。きっかけは自分の存在があったとしても、関係をこじらせたのは天久と小島であり、彼ら同士でなんとかするしかない問題だ。

それでも、あの悔しさと悲しさが入り交じった目で天久を睨んでいた小島の目を思い出すと、あの後の顛末《てんまつ》が気になって仕方がない。

きっと、小島にとって天久は暴君でありヒーローであり、学校生活のすべてだったのだろう。それが、よく分からない転入生によって関係が壊されてしまった。そう思うと、自分を苦しめた犯人であったにしても、なんとなく同情心を覚えてしまうのだ。

やれやれ、と瑠奈が机に座った真咲を見上げる。

「あんたも、お人好しだよね」

それを言うならば、周りに嫌がらせを受けても、特に誰に言いつけるようなこともせず黙って忍んでいるだけの瑠奈だって十分お人好しだと思うのだが。

気を取り直して針を再び泳がせ始めたとき、ガラガラ、と背後のドアが開いた。

「あっ、真咲ちゃん見ーっけ！」

少し鼻にかかった高い声。振り返るが顔を確かめなくても分かる。この声は愛実だ。

「一緒に帰ろうよ」とニコニコしながら真咲に向かって近づいて来た愛実は、真咲の前で作業をしていた瑠奈と目が合うと、急に顔を引きつらせて立ち止まった。

「え、なんで……」

あんたが一緒にいるの、と口に出さなくても聞こえるような表情だった。

瑠奈が短くため息をつくと、一旦ポケットを縫いつけていた手を止め、気怠《けだる》そうに愛実を見上げた。

「別に、前田さんの友達取ろうとかしてるワケじゃないんだけど」

もういいよ、と瑠奈が真咲に作業を止めるよう声を掛けた。が、真咲はあとちょっとだから、と言って再び針を布に刺した。

そのやりとりを見た愛実は、急に焦ったように真咲の腕を掴んだ。

「真咲ちゃん、なんで？　なんでこんなヤツの手伝うの？」

針仕事してるのに危ない……と思ったがあえてそれは口に出さず、机に座ったまま愛実の方を見て返した。

「瑠奈ちゃん、しばらくお休みしてて、エプロン作り間に合わないかもしれないんだ」

嫌がらせを受けたことは省いたけれど、一応嘘はついていない。

真咲が窘《たしな》めるように言うと、愛実は悔しそうに俯いてぎゅっと唇を噛みしめ、「何それ……」と瑠奈を睨みながら呟いた。

「……あんた、真咲ちゃんのことずっとハブにしてたくせに、こんなときだけ頼るの？」

「はぁ？」

瑠奈が心外そうに聞き返す。その言い方をバカにされていると感じたのか、愛実の顔がカッと赤くなった。それに対し、瑠奈は冷ややかな目線で返す。

「誰がいつそんなことしたって？」

「クラスが違っててもそれぐらい分かるよ！　休み時間も帰りも、真咲ちゃんいつもひとりだったし、どうせあんたが悪口言いふらしてたんでしょ⁉」

「そんなことしてないし。だいたい、私が鳴原のこと悪く言って、なんの得があるの？」

理路整然と瑠奈が反論する。確かにそのとおりだ。昨日、今日と接していて分かったのだが、瑠奈は以前思っていたよりも、ずっと公平で冷静な子だった。ものごとをハッキリ言うので怖いイメージを持たれてしまうのかもしれないが、少なくとも陰で人を貶《おとし》めるタイプではない。

　昨日線路下から帰っている途中より、瑠奈は真咲のことを「さん」付けから「鳴原」と呼び捨てにし出した。そんな気安い感じも愛実の気に障ったのだろう。愛実は声を更に高くした。

「でも、あたし聞いたよ！　榎木《えのき》さんが『うちの転校生、ちょっとデキるからって感じ悪いよね。瑠奈もムカついてるみたい』とか言ってるの！」

「え……」

「いくら真咲ちゃんがへんちくりんでも、別にあんたに迷惑はかけてないじゃん！　なんでそんなこと言うの⁉」

　強気だった瑠奈の表情がサッと戸惑いの色を帯びた。愛実の方こそ本人である自分を目の前にしながら言い過ぎなのではないかと思ったが、どちらの味方になりたいわけでもないので口を噤んだ。

　瑠奈が「エノ……、最悪……」などと小声で呟いた。愛実は気まずそうに息を呑んでから尋ねた。

「もしかして、本当に違うの」

　愛実の問いに、瑠奈はふるふると首を振った。

「全然……。確かに『ちょっと変わってるよね』ぐらいは言ったけど。あとはエノが勝手に話盛ってるだけだと思う」

　榎木、とは瑠奈をかつて取り巻いていたクラスメイトのうちのひとりだ。大人しい印象があるものの、たまに先生などの陰口を叩いているところを聞いたこともあり、裏表がありそうで真咲としても少し苦手な女の子だった。

　彼女が自分を本気で嫌っているのか、それとも自分より弱い立場の人間を作ることで安心しようとしているのか分からないが、「やっぱりあの子は要注意だな」との認識を真咲は強くした。

　少し旗色《はたいろ》が悪くなった愛実は、自らを奮《ふる》い立たせるようにぐっと拳を握った。

「それに、あたしがアンタの着てた服マネしたとか、言ってたでしょ。あたし、あれ許してないから」

「だから、それも知らないから。私は、周りに『愛実ちゃんとおそろいなんだ』って言ったはずなのに、いつの間にかこっちがオリジナルみたいになってて、え、なんで？　って感じよ」

　瑠奈は再びため息をつくと、ぽりぽり、と針を持っていない方の手で二、三度頭を掻いた。

「ていうか、アレじゃない、あんた四年のとき荻野《おぎの》君とけっこう仲良かったじゃない」

「あ……」

「ミナかなんかが荻野君好きっぽかったから、それの仕返しのつもりで『えーい、噂流しちゃえ～』みたいなのがあったのかも。証拠がないからなんとも言えないけど」

　なんでもないことのように瑠奈は言うけれど、これもまた随分と面倒な話である。

　瑠奈の影響力を笠に着る者が多かったことにも驚かされるが、女の子のそういう一面に「かわいいヤキモチ」だけでは済まされない恐ろしいものを感じた。

　でも瑠奈が自分の信じていたとおりの子で良かった。一息ついている真咲をよそに、愛実は「最後の悪あがき」とばかりに瑠奈へ食って掛かった。

「でも、元はと言えばあんたがあたしのことマネしたのが悪いんじゃん！」

　愛実の言いがかりに、瑠奈もとうとう立ち上がって声を荒らげた。

「だってしょうがないじゃん！　あれ、超かわいかったんだもん！　それに私聞いたよ？　『同じの買っていい？』って」

「そうだっけ？　でも関根さんみたいにおっかないヤツに、『えー、ヤダ』とか言えるはずないでしょ！」

「あんたこそ気が強いくせに何言ってんの？　ていうか、実は今アンタが持ってるカバンだってうちにあるんだけど」

　なんだか、話がだんだんずれてきている。

「はぁ？　またマネすんの⁉　迷惑だから持ってこないでよね！」

「あー、こりゃすごいいちゃもんが出たね。そんなの、ただの偶然じゃない！　明日早速使おうっと」

「ふざけないで！　こっちが先だよ⁉」

「私、前田さんみたいにすぐいろいろ買ってもらえる子とはもう違うの。せっかくお小遣い貯めて買ったし。使わなきゃもったいないし」

今までの立場を失って腹が括《くく》れている分、瑠奈の方が愛実よりも何枚か上手のようだ。

真咲は愛実が小脇に抱えている猫の顔のついたトートバッグに目を遣った。自分の好みではないけれど、確かに可愛らしい。そういえば、瑠奈が同じキャラクターのグッズを持っているのを見たことがあるような気がする。

その後も「あんたの格好は読モのなんとかのパクりだ」「髪型似合ってない、お嬢さまぶるな」などと口汚く言い争うふたりを見て、真咲はついに声を大にした。

「あー、もう！　ふたりとも仲良くしてよ‼」

真咲の仲裁に、いったんは両者いずれも聞き分け良く口を閉ざした。

要するに瑠奈と愛実、このふたりは趣味が似ているのだ。お互い、絶対に認めたくないだろうけど。

結局、愛実は文句を言いながらもエプロン作りに最後まで付き合っていった。

帰り道は途中まで三人とも方向が一緒だった。歯科医院の前で真咲が別れると、あとは瑠奈と愛実のふたりになる。

「似たもの同士もうケンカしないでね……」そう願いながら、真咲はふたりに手を振った。


それから数日経った雨の日、日直の当番が真咲まで回ってきた。日直は席順に隣同士の二人一組で当たるので、真咲は天久とペアになる。

その日の理科の時間は外へ行く予定を変更して、「いのちの不思議」というビデオを教室で鑑賞した。それが終わると、先生は「日直の人はプロジェクターとスクリーンを会議室に戻しておくように」と言った。

長さのあるロールスクリーンをえっちらおっちら運ぼうとしていると、天久にそれを奪われ「お前はそっち持ってけ」と小型のプロジェクターの方を顎で指し示しながら命令された。

特に言葉を交わさないまま会議室までたどり着く。会議室のある別棟には特別教室がいくつか入っているが、今はそのどこも使っていないようで、辺りはシーンと静まりかえっていた。

　部屋の隅に荷物を置いて帰る道すがら、周りに誰もいないことを確かめてから真咲は口を開いた。

「あのさ」

「何？」

　半歩先を行っていた天久が立ち止まって振り返る。

「小島くん、あれからどう？」

「どうって……」

「いや、元気にしてるのかなって」

　ここ数日、ずっと気になっていたことを尋ねた。

　あれから隣のクラスをちょこちょこ覗いてみたものの、小島は休みがちなのか、ほとんどその姿を確認できなかった。以前からそうだったのか、それともあのときのことがきっかけだったのかは分からない。

　天久は一瞬不味いものでも食べたかのように顔をしかめたが、すぐに前を向いて歩き出した。

「あー、どうだろうな。最近しゃべってねーや」

「え……」

その答えに、真咲は軽く後悔をした。

やはりあの手紙は天久に見せるべきではなかった。結局受け取ったのもあの一回だけで終わりだったし、大した実害もなかったのだから。

それが、結果的に彼の友達をひとり減らすことになってしまった。もともと友情にヒビが入りかけていたといえばそうなのだが、もしも自分のことがなかったら、もっと上手く関係を修復できたかもしれない。

「ま、でもアイツああ見えてアホだからな。そのうちまた『すばる〜、遊びにいこーぜ』って言ってくるだろ」

「う、うん……」

本当にそうだろうか。小島がどんな性格をしているのかは全く知らないけれど、できれば天久の言うとおりであってほしいと強く願った。

浮かない顔をした真咲に、天久は話す声のトーンを少し落とした。

「つーかさ、ホント、悪かったな」

「ん、何が？」

「俺の友達のせいで嫌な思いさせて。巻き込んだりして悪かった」

天久が急に立ち止まったので、つられて真咲も立ち止まる。

振り向いた真咲に、天久は勢い良く頭を下げた。

「ううん。全然大丈夫だよ」

天久のつむじに向かって投げかける。窓から入ってくる雨上がりの光のせいで、天久の髪はやけに艶を帯びて見えた。

誰もいない工作室の前の廊下。壁には誰が描いたのか虹の絵が貼ってあった。

そういえば、標本を壊されたときもこうやって彼は謝ってくれたことを思い出した。

あのときに比べて、彼の良いところがちょっと分かるようになったな、と真咲は思った。

「ていうか、こっちがお礼しなきゃだよね」

笑いながらそう言うと天久はゆっくりと顔を上げた。

「えーと、なんていうか、すごいカッコよかったよ」

あの日の帰り道、瑠奈も「ちょっと前までサルみたいなガキだったくせに、アンタのことかばうとかちょっと見直した」と感心していた。

真咲としても、暴力自体はいただけないけれど、自分の友達であろうとも卑劣な行為にはきちんと立ち向かっていく、そういう姿勢には素直に好感を覚えた。

何気なく発したはずの一言に、天久の顔は瞬《また》くうちに朱に染まっていった。

「お前さぁ……、もしかして早くもボケ入ってる？」

「え？」

せっかく褒めたのになんて言い草だ。思わずムッとして返すと、天久に後頭部をがしっと掴まれた。

「……俺が言ったことちゃんと覚えてんの？」

顔を引き寄せられ、上目遣いになりながら小声で呟かれた。ええと、なんのことだっけ。それよりも、顔が、近い。そんなにくっつかなくても聞こえる。睫毛がばさばさいう音まで聞こえそうだ。やっぱこうして見ると自分より背が低いんだな。だいたい五センチは自分の方が大きいかな――

そんなことを考えていた瞬間、頭をもう一段階押し下げられた。

おでこに生暖かいものを感じた。少し、湿ってる。

突如ドン、と体をはねつけられ、真咲は顔を上げた。

天久はと言うと、二、三歩後ずさり、先程まで真っ赤だった顔をさらに沸騰寸前まで紅潮させていた。

「俺、諦めねーからな！」

真咲の方を指さしながらそう宣言すると、すぐに背中を翻し、呼び止める間もなく廊下の向こうへと走り去ってしまった。

バタバタという足音を聞きながら、真咲はしばらくその場に呆然と立ちつくした。

（そっか……）

天久は自分のことが好きなのだ。忘れていたわけではないが、そんなに真剣だとも思っていなかった。

だから「カッコいい」と言われて焦ってしまったのだ。それで、あんなふうに突飛《とっぴ》な行動を――

何故だか急に恥ずかしくなってくる。ガリレオに舐められたときと同じような感触だったけれど、いきなりやられると照れくささよりも驚きでドキドキしてしまう。

「弱ったなぁ……」

おでこを押さえながら真咲が呟く。壁に貼られた絵の虹だけが、自分たちのしたことを知っている気がした。

（下巻へ続く）

この物語はフィクションです。作中に同一の名称があった場合でも、
実在する人物、団体等とは一切関係ありません。

本書は二〇一六年九月に小社より刊行した単行本に加筆修正し、
改題の上文庫化したものです。

宝島社
文庫

静かの海
その切ない恋心を、月だけが見ていた　上
（しずかのうみ　そのせつないこいごころを、つきだけがみていた　じょう）

2018年6月20日　第1刷発行

著　者　筏田かつら
発行人　蓮見清一
発行所　株式会社 宝島社
〒102-8388　東京都千代田区一番町25番地
電話：営業 03(3234)4621／編集 03(3239)0599
http://tkj.jp
印刷・製本　株式会社 廣済堂

First published 2016 by Takarajimasha, Inc.
ISBN 978-4-8002-8500-3